새만금 스토리텔링

전주대학교 문화산업 총서 ❸

새만금 스토리텔링

초판 인쇄 2009년 6월 23일
초판 발행 2009년 6월 30일

지은이 장미영 정훈 손앵화 김미정 김선경 김은혜
펴낸이 최종숙
편 집 권분옥 이소희 이태곤 추다영
디자인 홍동선 이홍주
마케팅 문택주 안현진 심용창

펴낸곳 글누림출판사
주 소 서울시 서초구 반포4동 577-25 문창빌딩 2층
전 화 02-3409-2055(편집), 2058(마케팅)
팩 스 02-3409-2059
등 록 2005년 10월 5일 제303-2005-000038호
홈페이지 www.geulnurim.co.kr
전자우편 nurim3888@hanmail.net

값 13,000원
ISBN 978-89-6327-029-6 03800
     978-89-6327-026-5 세트

이 책은 전주대학교 X-edu 사업단의 지원으로 제작되었습니다.

전주대학교 문화산업 총서 ❸

새만금 스토리텔링

장미영·정훈·손앵화·김미정·김선경·김은혜

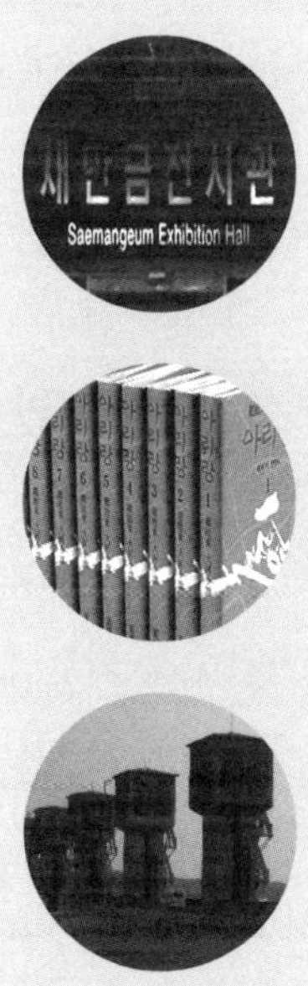

글누림

축 사

　전주대학교 X-edu 사업단이 지난 5년간의 성과를 모아 문화산업 총서를 발간하게 됨을 진심으로 축하드립니다. 문화콘텐츠는 21세기 국가경쟁력과 문화산업에 중요한 자양분입니다. X-edu 사업단은 문화콘텐츠의 중요성을 인식하고 사회적·경제적 요구와 대학 교육을 접목시킨 전통문화콘텐츠 인력양성사업을 2004년부터 매년 50억 원의 사업비를 투자하여 진행해 왔습니다. 우수학생을 유치하고, 교육역량을 강화하며, 내실 있는 교육을 통해 전주대학교는 최고 수준의 문화콘텐츠 특성화대학으로 탈바꿈하였습니다. 특히 2006년에는 전국 최초로 문화산업대학을 신설하였고, 2008년에는 취업률 전국 1위라는 의미 있는 성과를 거두기도 하였습니다.

　대학의 중심은 교수와 학생입니다. 학생들의 취업률만큼이나 중요한 것이 교수의 연구능력입니다. X-edu 사업단 소속 교수들이 지난 5년간 교육현장에서 보여준 열정과 능력은 우리 전주대학교의 중요한 자산입니다. 이번에 발간하게 되는 문화산업 총서는 그 가시적인 결과물인 동시에 한 대학의 지적 재산을 넘어 우리나라 문화산업 전반에 중요한 성과물로 기록될 것입니다.

　지방대학이라는 어려운 여건 속에서도 전주대학교가 문화콘텐츠 분야에서 우수 인력을 양성하고 배출할 수 있었던 것은 X-edu 사업단의 체계적인 교육프로그램과 학생들의 자발적인 참여, 교수들의 헌신적인 노력이 삼위일체가 되었기 때문입니다. 전주대학교는 5년간의 누리사업을 통해 한층 업그레이드되었고, 그 성과를 내실 있는 교육을 통해 다시 사회로 환원시키는 데 최선의 노력을 다할 것입니다.

　여러 가지 어려움 속에서도 X-edu 사업단을 전국 최고의 누리사업단으로 발전시킨 주명준 단장님 이하 사업단 모든 교수님들께 깊은 감사의 말씀을 전합니다.

전주대학교 총장　이 남 식

발간사

　전주대학교의 누리사업단인 전통문화 콘텐츠 X-edu 사업단이 문화산업 총서를 펴내게 된 것을 자랑스럽게 생각합니다.

　누리사업은 지방대학이 어려움에 직면하게 되자 교육부가 지방대학의 혁신역량을 강화할 필요를 절감하여 실시한 국책사업입니다. 누리사업으로 인해 지방대학의 역량이 크게 강화되었음은 주지의 사실입니다. 전주대학교는 문화콘텐츠산업의 세계화 추세에 발맞춰 이에 대한 준비를 오래 전부터 해 왔습니다. 그 결과 2004년 교육부의 지방대학혁신역량강화사업으로 당당히 선정되었고, 5년에 걸쳐 무려 341억 원을 투자한 우리 대학 역사상 초유의 대형프로젝트가 진행되었습니다.

　X-edu 사업단은 전라북도의 전통문화를 오늘날에 되살려 디지털 콘텐츠로 제작하는 교육을 통해 학생들의 취업 경쟁력을 높이고 나아가서는 지방산업 발전에 기여하는 인재를 육성할 뿐만이 아니라 지방의 경제 활성화에 도움을 주기 위해 노력하였습니다. 우리는 지난 5년 동안 교수와 학생 및 산업체의 전문가들이 삼위일체가 되어 디지털 콘텐츠기술의 전수와 전라북도의 전통문화 발굴, 그리고 문화산업 발전에 필요한 인력양성에 줄곧 매진하였습니다. 그 결과, 지금은 '전통문화!' 하면 전주대학교 X-edu 사업단을 떠올릴 정도로 그 위상을 확고히 할 수 있게 되었습니다. 이는 우리가 배출한 학생들이 다양한 분야의 문화콘텐츠 산업 현장에 진출하여 활동

하고 있음을 통해 확인할 수 있습니다.

X-edu 사업단에서는 학생들이 문화산업 분야의 새로운 지식을 습득하고 학습 능력을 향상시킬 수 있도록 5년간 매학기 문화산업 관련 교재 편찬을 지원하는 프로그램을 마련하였습니다. 교수들로부터 공개적으로 저술계획서를 받아 엄격한 심사를 거쳐 출판비를 지원한 것입니다. 마지막 학기에는 그동안 개발된 교재 중 10권을 엄선하여 전주대학교 문화산업 총서를 발간하기에 이르렀습니다. 이로써 5년 동안 계획하고 가르쳤던 우리 대학의 문화산업 교육 역량을 마무리하게 되어 전주대학교 구성원 모두와 함께 기쁘게 생각합니다.

그동안 X-edu 사업단을 위하여 물심양면으로 도와주시고 실질적으로 지휘해 주신 전주대학교 이남식 총장님께 깊은 감사를 드립니다. 그리고 문화산업 총서를 계획하고 간행하는 모든 과정을 직접 책임지고 수행한 팀장 이용욱 교수님께 깊이 감사드립니다. 약 반년에 걸쳐 전주대학교 문화산업 총서 발간을 위하여 수고하신 글누림 출판사의 최종숙 사장님과 편집부 선생님들께도 심심한 사의를 표합니다.

전주대학교 문화산업 총서가 이 분야에 관심 있는 모든 분들에게 크게 도움이 되기를 간절히 소망합니다.

전주대학교 전통문화콘텐츠 X-edu 사업단장 주 명 준

머리말

새만금이라는 용어가 본격적으로 등장한 때는 전두환 대통령이 집권했던 제5공화국 시절인 1987년 11월 2일이다. 당시 농림수산부를 책임지고 있었던 황인성 장관은 그때까지 서해안 간척사업이라 불리던 것을 '새만금간척사업'이라고 언급했다. 이를 계기로 이후 새만금은 공식 명칭이 되었다.

새만금사업(새萬金事業)은 간척사업이다. 사업의 핵심은 전라북도 내의 군산시, 김제시, 부안군의 앞바다를 연결하는 방조제를 세우고 그 안의 갯벌과 바다를 땅으로 전환하여 새로운 서해안 시대를 대비하자는 것이다. 새로 생겨날 땅의 면적은 현재의 여의도에 비교할 때 140배에 이르는 규모라고 한다.

이 사업은 1987년 12월 10일, 당시 대선후보로 출마했던 민정당의 노태우 대통령 후보가 전북 지역을 위한 개발 공약을 언급하면서 시작되었다. 당일 노태우 후보는 전주역 광장에서 유세를 펼치고자 했었는데, 최루탄과 돌멩이가 난무하자 전주 시내의 한 호텔로 자리를 옮기고 기자회견을 열었다. 자신을 '보통 사람'으로 지칭했던 노 후보는 호남의 민심을 달래기 위해 "서해안 지도를 바꾸게 될 새만금지구 대단위 방조제 축조 사업을 최우선 사업으로 선정, 신명을 걸고 임기 내에 완성하여 전북 발전의 새 기원을 이룩하겠다.”고 강조했다. 이렇게 새만금 사업은 13대 대통령 선거를 엿새 앞둔 날, 선심성 선거공약으로 세상에 태어나게 되었다.

1991년 공사가 시작된 이래 새만금 사업은 개발과 보존이라는 두 가지 대명제를 두고 17년간 격렬한 논쟁에 휘말렸다. 환경단체와 전북지역 주민들은 농림부를 상대로 사업계획취소청구소송을 내어 4년 7개월 동안 법정 공방을 벌이기도 했다. 2006년 3월 16일, 대법원의 원고 패소 판결로 공사가 본격화되면서 새만금은 15톤 트럭 486만 대분의 흙으로 메워지게 되었다.

사업이 시작될 때는 식량 자급이 국가적 과제였기 때문에 새만금은 금만평야 같은 거대한 농토를 새로 만들어 국토를 넓히고 식량을 수입하지 않도록 하자는 목적을 표방했었다. 그런데 점차 쌀이 남아도는 상황이 발생하면서 농업간척의 경제성은 설득력을 잃게 되었다. 이제 새만금 사업은 이명박 대통령의 핵심 대선 공약으로 말미암아 새로운 길로 나아가게 되었다. 이명박 대통령은 “새만금이 대한민국 경제에 활력을 불어 넣고, 중동의 두바이를 넘어 세계인들이 감탄하는 꿈의 도시가 되고, 창의적이고 생산적인 청사진을 제시하여 동북아의 경제 허브로 성장하도록”

하자고 주장했다. 또 다른 한편으로는 "환경을 보호하는 녹색기술을 국가의 신성장동력으로 키워 환경과 성장이라는 두 마리의 토끼를 모두 잡을 수 있게 새만금이 대한민국을 녹색강국으로 만드는 전초기지가 될 것"이라고 희망찬 기대를 밝히기도 했다.

2009년 현재 새만금은 경제적 가치가 최우선적으로 고려되는 시점에 있다. 2009년 말, 방조제 개통을 앞두고 있는 전라북도는 이메일, 웹진 등을 통해 새만금산업단지의 투자환경을 해외 기업들에 집중 홍보할 계획이다. 전라북도는 미국, 중국, 유럽, 아랍 등 세계 각국을 대상으로 새만금에 특히 관심을 보이는 기업들과 지속적으로 접촉하면서 새만금 사업에 외국인 투자유치를 적극적으로 끌어내려 하고 있다.

새만금은 간척사업만으로도 강산이 두 번 바뀔만한 긴 세월의 수로를 지나왔다. 20년 가까운 시간 동안 정권이 바뀔 때마다 희망과 갈등이 엇갈렸던 새만금은 굴곡의 역사만큼이나 풍성한 이야기가 쌓이게 되었다. 이제 국책사업으로 입지를 굳힌 새만금은 대한민국의 100년 앞을 내다보는 미래의 땅으로 새롭게 태어나고 있다.

이 책은 새만금의 미래 지향적 개발을 꿈꾸는 인문학자들에 의해 시도되었다. 새만금은 삼국시대부터 지금까지 이천년 가까운 유구한 역사를 지니고 있는 바, 역사적 상징체이면서 문화적 보고이기도 하다. 이에 새만금은 그에 얽힌 이야기만으로도 주목할 만한 미래적 가치를 보유하고 있는 셈이다.

2008년 1월 20일, 문화원형콘텐츠연구회의 모임에서 당시 KBS 구성작가였던 김은혜 총무이사는 '새만금 문학'의 필요성을 제기했다. 이에 당시 대표이사를 맡고 있던 장미영 교수가 적극적으로 찬성 의사를 표명하면서 '새만금 문학의 원류를 찾아서'라는 프로젝트를 즉석에서 꾸렸다. 문화원형콘텐츠연구회의 초대 대표이사였던 김미정 교수는 프로젝트에 참여할 인적 구성을 제안했고 당시 JTV에서 일하던 김선경 작가를 추천했다. 여기에 더해 장미영 교수는 한국고전문학을 연구하는 정훈 교수와 손앵화 교수를 핵심 연구진으로 추가 섭외했다.

그해 2월과 3월의 준비기간을 거치는 동안 김은혜 이사는 『열린 전북』이라는 월간 독립언론으로부터 지면을 할애받기에 이르렀다. 드디어 2008년 4월호부터 장미영 교수를 필두로 '더불어 사는 문화—새만금 문학의 원류를 찾아서'가 연재되기 시작했다. 필진은 장미영, 김은혜, 손앵화, 정훈, 김선경, 김미정 순으로 매달 자신이 발굴한 새만금 스토리를 원고로 정리해냈다. 그렇게 언 1년 3개월이 지날 무렵, 전주대학교 이용욱 교수의 주선으로 그간의 원고가 전주대학교 문화산업 총서의 하나로 취합되어 『새만금 스토리텔링』으로 재탄생하게 되었다.

1장, 2장, 3장은 장미영 교수, 4장과 9장은 정훈 교수, 5장은 손앵화 교수, 6장은 김미정 교수, 7장은 김선경 회원, 8장은 김은혜 회원의 원고로 채워졌다.

필진들은 새만금과 관련된 이야기를 찾느라 김제, 군산, 옥구 등을 탐방했고 고대 설화부터 현대소설에 이르기까지 문헌 자료를 뒤지느라 밤을 꼬박 새우기도 했다. 또 관련 이미지를 모으기 위해 문헌 자료는 물론 현장까지 찾아다니며 사진을 찍느라 휴일을 반납하기 일쑤였다. 이 책의 출간 이후에도 새만금 이야기를 발굴하려는 필진들의 열정은 계속될 것이다. 각기 일하는 방식이 다르고 일 처리하는 속도가 다른 필진들의 다양한 성향은 서로 인간에 대한 이해의 폭을 넓히는 좋은 계기가 되었다. 새만금만큼이나 숨 가쁜 세월을 보낸 여섯 분의 필진들에게 이 책이 조금이나마 위로가 되기를 바란다.

교수들의 연구 의욕을 더욱 왕성하게 북돋워준 전주대학교 이남식 총장님과 산학협력단 주명준 단장님의 후원과 배려는 이 책을 내는 데 큰 힘이 되었다. 의욕만 앞선 거친 원고를 곱게 매만져준 글누림출판사의 권분옥 편집장과는 전화와 우편으로만 소통하는 특별한 관계가 되었지만 이런저런 필자들의 주문에 가부를 꼼꼼히 따져 명쾌하게 상황을 유도해가는 일처리 솜씨로 필진들의 감탄을 자아냈다. 묵묵히 맡은 일에 정성을 다한 이소희 대리님과 책을 예쁘게 디자인해주신 홍동선 이사님의 노고도 이 책을 빛나게 만들었다. 끝으로, 같이할 수 있는 정겨운 시간들을 내어주면서도 지지를 아끼지 않았던 가족들의 배려와 보살핌은 사랑이라는 이름으로 깊이 각인되었다.

함께한 모든 분들의 따뜻한 마음에 감사를 드리며 새만금 스토리가 꿈의 도시를 만드는 원천 콘텐츠로 성장하기를 기대해 본다.

필진을 대표하여 **장 미 영**

CONTENTS

Chapter ❶ 새만금 문학의 원류를 찾아서

‘새만금’이란 명칭은 예로부터 김제(金堤)·만경(萬頃) 평야를 ‘금만평야(金萬平野)’로 일컬어 왔던 ‘금만(金萬)’이라는 말을 만경·김제의 준말인 ‘만금(萬金)’으로 바꾸고 새롭다는 뜻의 ‘새’를 덧붙여 만든 신조어이다. 우리 사회에서 ‘만금(萬金)’은 ‘아주 많은 돈’을 일컬을 때 사용하는 말이다. 보통 ‘가서만금(家書萬金)’이라 하면 ‘가족으로부터 오는 편지는 만금의 가치에 상당할 정도로 기쁘고 반갑고 소중하다는 뜻이다. 더 흔하게는 ‘만금으로도 바꿀 수 없는 아주 귀한 물건이다’라거나 ‘만금을 준다 해도 그럴 수는 없다’, ‘만금 같은 귀중하신 몸으로 그런 일을 하시다니요’와 같은 표현에서 ‘만금’에 대한 우리의 정서가 드러난다. ‘새만금’이라 했을 때 보통 사람이 느끼는 체감적 의미는 ‘새로운 만금의 가치가 있는 그 무엇’이다. ‘새만금’의 ‘새’는 ‘백’만금, ‘천’만금, ‘억’만금, ‘수억’만금으로 능히 ‘만금’을 희롱할 수 있을 것 같은 우리의 부(富)에 대한 욕망을 그 바탕에 깔고 있다.

새만금 간척지 안내 표지판

새만금의 위치는 전북 군산시, 김제시, 부안군에 속하는 서해 지역이다. 새만금 사업은 바닷물이 육지에 침입하는 것을 막는 김제·만경 방조제를 더 크게, 더 새롭게 확장하는 일이다. 이제 새만금 지역은 동북아 경제 중심도시를 꿈꾸는 야심찬 지역의 리더들에 의해 동아시아, 환황해권의 경제 수요에 대응할 새로운 국가 경제의 중심지로 거듭날 전망이다.

　새만금을 바라보며 살고 있는 이곳 주민들에게 김제·만경 땅은 '징게 맹갱 외애밋들'로 불린다. '징게'는 김제, '맹갱'은 만경, '외애밋들'은 '이 배미 저 배미 할 것 없이 모두 한 배미로 툭 트인 논'이라는 뜻이다. 김제·만경 너른들은 우리나라에서 유일하게, 하늘과 땅이 일직선으로 맞닿아 지평선을 볼 수 있는 일망무제(一望無際)의 곡창지대였다고 하니, 그 끝이 하늘에 맞닿아 넓디넓은 들녘으로 "어느 누구나 기를 쓰고 걸어도 언제나 제자리에서 헛걸음질을 하고 있는 것 같은 착각에 빠지게"(조정래, 『태백산맥』) 할 만도 했을 것이다.

　그러나 이곳은 태생적인 곡창지대라거나 비옥한 땅이 아닌, 바다였고 황무지였음을 기억할 필요가 있다. 그렇지 않아도 옥토는 태어나는 것이 아니라 만들어지는 것임을 우리는 수세기에 걸친 인류의 역사적 경험을

일제 때 갯벌을 메워 만들었던 간척지가 지금은 갈대가 무성한 벌판으로 남아 있다.

통해 익히 알고 있다. 우리나라에서 생산되는 쌀의 40분의 1을 키워냈던 김제·만경 너른들은 황금물결로 일렁이는 벼이삭만큼이나 많은 사연들을 간직하고 있다. 이곳에서 한세상을 살았던 사람들 중에는 그지 들판만 바라보고 있어도 마음이 넉넉했던 사람들이 있었는가 하면, 농경용수를 대기 위한 호수 축조 작업에 동원되거나 바다를 메워 육지와 연결시켜 광활한 옥토를 만드느라 뼈가 녹아 내렸던 민초들도 있었다. 330년 백제 비류왕 27년에 호수를 만들기 위해 500명의 인부가 동원되었다는 까마득한 삼한시대 이야기로부터 일제 식민시기에 시행된 수리사업에 얽힌 이야기, 일본 천황에게 좋은 쌀을 바치느라 허리가 휘도록 농사를

일제가 시행한 간척사업으로 조성된 광활면 너른들

짓고도 정작 황금 이삭 근처에는 얼씬도 할 수 없었던 농부들의 한 맺힌 이야기, 더 나아가 강제 징용, 소작 쟁의, 독립 운동 이야기 등 우리 조상의 지난했던 삶의 흔적은 21세기를 위한 미래 성장 수요에 대비해야 한다는 드높은 경제적 목청에 자꾸만 희미해져 가고 있다.

과거의 볼품없는 이야기도 후손들에게는 소중하게 남아야 한다. 과거는 과거의 모습만을 드러내는 것이 아니기 때문이다. 과거는 현재적 우리 삶의 시원이자 우리의 삶을 보호해주는 보호막이다. 일본과 중국의 역사 왜곡이 끊임없이 예기치 못할 엄청난 문제를 야기시키는 오늘날, 우리는 과거가 있다는 사실 하나만으로도 큰 자산을 가지고 있는 셈이라

일제 때 만들어진 새만금 신작로

는 것을 깨우칠 일이다. 그 과거가 초라하든 화려하든, 과거만이 오늘을 사는 우리의 보호자가 될 수 있기 때문이다.

1990년대 이후 진 세계적으로 문화콘텐츠 산업이 주요한 고부가가치 산업으로 부상하기 시작했다. 문화콘텐츠란 기존에 있던 유·무형의 문화적 요소를 창의적으로 새롭게 기획하여 경제적 가치를 창출할 수 있게 문화상품화하는 것을 말한다. 문화콘텐츠의 창작 원천이 되는 것은 문화재, 미술품, 골동품, 건축물, 생활용품 등 실물(實物) 형태의 유형문화물을 비롯하여 신화, 설화, 야담, 전설, 야사, 기록물, 이야기, 생활양식 등에 추상적 또는 이미지 형태로 내재해 있는 무형의 문화 요소에 이르기까지 그 폭이 넓고 다양하다. 문헌 중심으로 저장·보존·유통·소비되고 있는 인문학적 성과물은 각종 미디어의 발달로 상업적인 대량 복제·대량 소비가 가능한 문화상품으로 재가공되기 시작했다. 디지털 시대를 맞이하면서 미디어는 복합 미디어, 미디어 믹스 등 전방위 연관 형태로 발전한 것이다. 이에 따라 문화산업도 산업적 측면 이외에 문화적·사회적·교육적·경제적 측면에서의 가치가 상호 유기적으로 밀접하게 연관되기에 이르렀다.

21세기가 추구하는 문화콘텐츠는 기술과 테크놀로지를 인간화시키겠다는 야심 찬 휴머니즘이다. 최근 선진 각국에서 보이는 문화콘텐츠에

새만금 산업단지는 한국 문화산업의 미래를 선도해 갈 것으로 기대를 모으고 있다.

대한 열정어린 관심과 노력은 오늘을 사는 우리 인류가 가슴 절절하도록 인간적인 것을 갈구하는 애처로운 갈증에서 비롯된 것이 아닐까 싶다. 21세기를 살아가는 인류는 새삼스럽게 신화와 설화, 전설, 민담 등에 열광하면서 신문명화 작업에 박차를 가하고 있다. 덕분에 지하에서 떠돌던 옛이야기들이 최첨단의 디지털 기술과 융합하면서 현대 사회에서 생기 발랄하게 살아 숨 쉴 수 있게 되었다. '이야기를 좋아하면 가난하게 산다'던 옛 사람들의 애정 어린 걱정은 기우(杞憂)가 되었다. 오히려 이야기가 없는 민족은 세계사적 흐름에서 점차 무기력해지고 있다. 문화콘텐츠의 근간은 민족적 정체성과 역사성이 담긴 이야기이기 때문이다.

현재의 남포들녘마을은 일제 때 한국 농부들의 피땀이 일구어낸 결과이다.

단군 이래 최대의 주가를 올리고 있는 한류도 옛이야기에서 비롯되었다. 분단된 작은 나라 한국이 소박한 옛이야기로 중국과 일본 등 이웃 민족을 열광시키고 더 나아가 기독교문화권을 비롯하여 이슬람문화권에까지 진출하고 있다는 소식은 정작 한국인 자신들을 놀라게 하고 있다. 그간 잠자고 있던 온갖 옛이야기들이 디지털 사회가 요구하는 새로운 가치사슬 속에 편입되어 다른 매체적 가치로 전환되고 있다. 바야흐로 이야기가 고소득의 삶의 질을 창출하는 인프라가 되었다.

지난날 하드웨어가 산업의 중심이 되던 시대에서 어느새 소프트웨어의 시대로 바뀌더니 이제는 콘텐츠웨어 시대가 되었다. 미국 하버드대학의 정치학자 조셉 나이(Joseph S. Nye)에 의하면 하드 파워(hard power)는 금력처럼 타자를 강제로 누르는 힘이 되지만 소프트 파워(soft power)는 상대를 매료하는 힘이나 설득력으로 자기가 원하는 결과를 타자에게서 끌어내는 힘이라고 한다. 21세기는 하드 파워와 소프트 파워를 합친 스마트 파워(smart power)가 요구되는 시대이다. 21세기를 성공적으로 맞이하기 위해 전라북도는 개발 중심의 하드 파워를 키워나가면서 동시에 나란히 소프트 파워도 키울 일이다. 새만금 사업

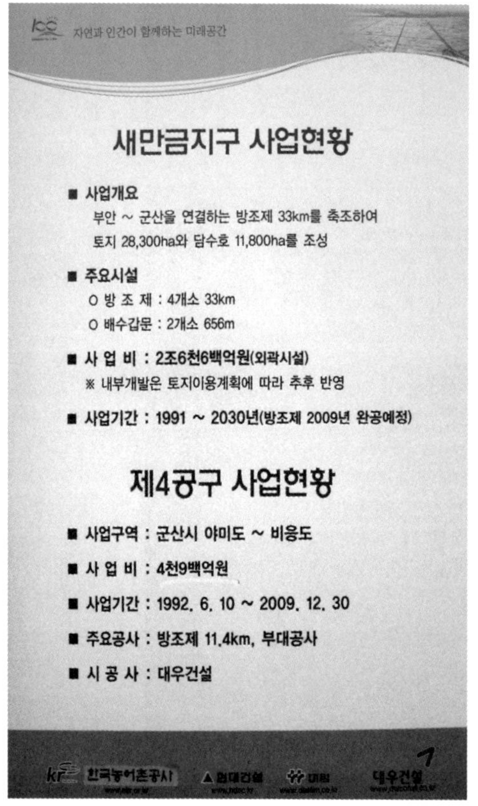

2009년 현재까지 진행된 새만금 사업현황

중에는 김제·만경 너른들을 배경으로 하는 지극히 세속적이면서도 원초적 인간의 욕구를 담고 있는 새만금 이야기의 발굴 작업 또한 비중 있게 자리해야 할 것이다. 그래야만이 우리의 새만금은 한 시대를 선도할 수 있는 스마트 파워를 가질 수 있을 것이기 때문이다.

　유난히 이야기가 많았던 전라도는 바야흐로 새만금 시대를 맞이하여 꿈을 먹고 살 수 있다는 꿈을 꿀 수 있게 되었다.

Chapter ❷ 기억의 프리즘이 낳은 새만금 민족지
— 임영춘과 『갯들』

기억의 기록은 누군가가 겪은 사건의 경험을 동시대에 살고 있는 공동체가 함께 나누어 가져야만 한다는 당위적 의지의 실천이다. 그것은 당대 사회가 해결해야 하지만 미처 손을 쓰지 못하고 있는 현실 문제에 깊숙이 개입하는 정치적 행위이기도 하다.[1]

소설가 임영춘은 장편소설 『갯들』을 통해 새만금의 한 자락, 김제·만경의 과거를 되짚어 개인의 기억을 민족의 역사로 형상화한 민족지를 일구어 냈다. 일본의 역사수정주의자들이 역사에 대한 망각의 정치학을 획책하고 있는 현재, 과거의 폭력적 사건을 가능한 한 완벽히게 재현하려 했던 소설가의 의지는 망각의 폭력에 대응하는 대항서사로서의 의미를 가진다.

『갯들』은 주인공 '나'가 1931년부터 해방되던 초등학교 5학년 때까지 부모가 간척지로 이주해서 살았던 시절의 자서전적 이야기이다. 소설의

---

1 이 글에 나타난 기억의 기록과 관련된 많은 아이디어들은 오카 마리, 김병구 역, 『기억 서사』, 소명출판, 2004에 크게 기대고 있다.

일제 때 만들어진 새만금 간척지

배경은 호남의 동진강 하류 간척지인 김제 광활면으로, 이곳은 일제가 동진강 하류의 갯벌을 개간하여 이민을 받아 조성된 지역이다. 광활면은 일제가 간척을 통해 조선의 지형을 바꾼 소위 식민지 근대화의 산물인 것이다. 작가 임영춘은 동진농장으로 불리던 간척지 이민촌, 즉 광활면에서 출생하여 1986년 어머니 서귀인이 별세하기까지 고향을 떠나지 않았던 김제 광활 사람이다. 일제하에 한국 농민이 겪은 수모와 울분을 어린 시절에 몸소 경험했던 저자는 민초의 혹독한 역경과 불굴의 의지를 그려내어 민족수난사의 한 몫을 담당하고자 했다고 한다.

인구와 식량문제를 해결하기 위해 시작한 '동척이민'이 조선 농민들의 강한 반발로 어려움에 직면하자 일제는 주인이 없는 (?) 갯벌을 메워 농민을 이주시키는 정책으로 전환하였다. 불이농장도 갯벌을 막아 만들었는데, 돈도 주고, 먹을 것도 주고, 여기에 간척이 완공되고 나면 땅까지 준다는 말에 전국에서 일을 하겠다는 사람들이 구름처럼 몰려들었다.

—임영춘, 『갯들』 중에서

이 소설의 무대에서 성장한 작가는 본인의 체험과 4년여에 걸친 자료 수집을 통해 갯바람 불어오는 간척 농지 만경벌에서 농노로 입주한 700세대 집단 촌민의 혹사당하는 삶을 극명하게 그려 낼 수 있었다고 한다.[2]

1923년 완공된 불이농장은 옥구저수지를 기준으로 남쪽으로는 조선인이, 북쪽으로는 일본 이민자들이 정착하여 농사를 짓기 시작하였다. 당시 일제는 '손바닥 검사'(손에 괭이가 박히도록 일을 많이 한 사람) 등 신체검사를 통해 소처럼 일을 할 수 있는 소작인을 모집하였다. 그들에게 제공된 것은 바람도 막을 수 없는 움막이 전부였으며, 이들이 할 수 있는 것은 먹고, 자고, 일하는 것뿐이었다.

—임영춘, 『갯들』 중에서

---

2 이 글은 변화영, 「기억의 형상화와 지방사 : 임영춘의 『갯들』에 나타난 김만경평야」, 『현대문학이론연구』 33집, 2008과 전북대학교 20세기민중생활사연구단, 이수라 전임연구원의 방문구술조사 경험담에 크게 힘입어 쓰였다.

일제 때 수리사업을 위해 만들어진 축조물

당시 일제는 본국의 이주농민을 모집하기 위해 '신천지', '이상향', '모범적 농촌건설'을 기치로 조립식 건물, 학교, 목욕탕, 신사, 그리고 저렴한 대출상환조건 등 각종 지원을 약속하였다. 이렇게 모집한 농민들에게 일제는 농업교육뿐만 아니라 수기, 교련, 무도, 유도, 총검술 교육까지 의무화시켰다. 즉, 농업이민정책은 인구와 쌀 문제를 넘어서 식민지 건설의 안정성을 확보하기 위한 전초기지 조성의 성격을 띠었던 것이다.

어둡고 처절했던 시대의 한가운데에서 비루먹은 나귀처럼 살아야 했던 우리 선조들의 전율할 생활상을 묘파한 이 작품은 한국판 〈뿌리〉에

2009년 현재 새만금 간척공사 현장

비견될 만큼 파란만장한 이야기를 담고 있다. 갯벌을 간척하는 데 배고
픈 이향민들을 투입하여 노예처럼 부렸던 일제의 잔학함과 함께, 수확
물을 철저히 빼앗기면서도 땅에 대한 미련 때문에 개간지를 띠니지 못
했던 한국인들의 처절한 모습은 독자의 가슴을 송두리째 뒤흔들어 놓
는다.

"노예시장에서처럼 쓸만한 놈을 골라 와야 한단 말이야."
"조선은 우리 식민지야. 마음대로 부려먹어도 좋아."
"말채 같은 단단한 채찍을 만들어서 말 안 듣는 놈은 마구

후려치는 거야."

"요놈(불에 달군 집게)으로 말 안 듣는 놈은 살을 푹푹 지지는
거야."

—임영춘, 『갯들』 중에서

폭력적 사건을 경험한 한 민족의 목소리를 봉쇄하고 거짓된 의미를 들
씌우는 일본의 기만적인 역사수정주의의 정치학은 여전히 현재진행형이
다. 이러한 상황에서 소설 『갯들』은 사건의 진실을 만천하에 드러낼 수
있는 길을 보여주고 있다. 그것은 소설이라는 문화 상품을 통한 문화적

새만금 간척지의 인부들

차원의 응전이다.

　일본의 역사수정주의자들의 망언에 우리는 한 민족이 겪은 사건의 경험을 인류가 함께 나누어 갖는다는 게 현실적으로 그리 쉬운 일이 아님을 절감한다. 일제 강점기의 폭력적인 사건에 대해 진실을 이야기하는 희생자들의 생생한 증언이 잇따르고 있음에도 불구하고 민족의 고통스런 기억은 세계사적 차원에서는커녕 아직도 우리 사회에서조차 충분히 공유되고 있지 못하다.

　역사를 구성하는 담론은 사건을 경험한 사람들의 존재가 기억에 매개되어 사건을 체험하지 않은 타자들에게 인식되고 그 기억이 공유됨으로

새만금 앞바다의 어촌 마을

써만 생산성을 가진다. 함께 나누어 갖지 않은 기억은 세계의 외부로 내던져져 역사로부터 사라진다.

새만금의 과거가 현재적 사건으로 영유되려면 사건의 기억이 타자에게 전이되어야 한다. 그것이 새만금의 외부에 살고 있는 타자들에게 새만금의 존재를 알리는 것이고 나아가 그들을 새만금 애호가로 만드는 길이다. 새만금의 물리적 개발이 본격화되고 있는 오늘에 이르러 우리는 인류가 새만금으로 이르는 길, 즉 새만금의 정서적 회로를 만드는 일에도 총력을 기울일 필요가 있다는 것을 느낀다.

조심할 것은 기억의 흔적을 망각의 폭력으로 지우려고 하는 일본의 정치학이 내셔널리즘의 욕망에서 비롯된 것일진대, 우리 민족의 고통스러운 기억도 그것을 제대로 드러내려면 내셔널리즘의 미망에서 벗어나야 한다는 교훈을 새기는 것이다. 새만금의 과거는 세계인의 공감과 이해의 토대 위에 보편성을 가진 사건으로 이해되어야 한다는 의미이다.

기억의 기록은 기억의 과잉을 경계하며 예술과의 조화로운 만남을 달성했을 때 타자와 함께 꿈꾸는 미래지향적 기억으로 나아갈 수 있다. 즉, 기록만으로는 그 조야성과 경직성으로 말미암아 기억이 사회의 승인을 얻어내기 어렵다는 것이다. 우리의 기억을 세계인과 함께 나누는 것은 민족의 상처를 치유하면서 동시에 내셔널리즘의 폭력성을 잠재울 수 있는 실효성 높은 방법이다. 결과적으로 이것은 예술로서의 새만금 문학을 생산해야 하는 이유이기도 하다.

간척사업이 활발하게 진행되고 있는 새만금 앞바다

Chapter ❸ 새만금 방조제 이야기

— 임영춘 장편소설 『들판』

임영춘의 소설 『들판』은 일제 강점기 시대에 한국 민족이 겪은 수난사를 증언하는 고발문학이다. 고발문학은 사회의 병폐를 들추어 비판하는 데 중점을 두기 때문에 부조리한 상황에 대한 증언의 구체성이 실감을 더한다. 문학평론가 류보선은 이 소설을 일러 "사실적인 내용이 워낙 진실하므로 비소설적인 요소가 소설구성상의 미학을 압도한 생생하고도 절박한 기록문학"이라고 평하기도 했다.

작가는 『갯들』을 통해 새만금 방조제 이야기를 이미 세상에 선보인 바 있다. 그러나 『갯들』로는 작가의 원한이 가라앉을 수 없었던가 보다. 임영춘은 『갯들』을 개칠하는 심정으로 민족의 상흔을 다시금 되살려 밤마다 붓을 들고 흥분에 떨며 원고지를 메워 나갔다고 토로한다.[1] 이러한 작가의 집요함은 역설적으로 한국인 수난사의 처절함을 강변하고도 남는다.

---

1 이 글은 임영춘, 『들판』 상, 대영사, 1987의 저자 서문을 많이 참고했다.

일제 때 만들어진 새만금 간척지

서사는 왜인들이 야비할 정도의 온갖 구실로 한국의 농토를 탈취하는 데서 시작한다. 이어서 그들은 한국의 개펄마저 자기들 마음대로 개간해 나갔다. 그 바람에 한국의 농민들은 방조제를 쌓는 노예로 전락하고 만다.

노예인 점에서는 한국인이나 흑인이나 다를 바가 없었다고 한다. 그런데 한국인이 겪은 참혹함은 흑인의 고난을 압도한다. 흑인은 노예에서 탈출하려다 채찍을 당하는 정도였지만 한국인은 혹독한 채찍을 받으면서도 행여 쫓겨날까 두려워했다는 점이 비극성을 더한다는 것이다. 농토를 빼앗긴 농민들은 혹사와 굶주림 속에서도 단순히 목숨을 연명하면서

일제 때 조선농민들의 노예노동에 의해 조성된 김제시 광활면의 비옥한 논밭 풍경

그저 살아남기 위해 일제의 지독한 횡행을 마다하지 않았다.

작품 전반에 걸쳐 소설의 각 장면 장면마다 작가는 증언의 치열성을 드리낸다. 노예 노동이리도 기꺼이 감수할 수밖에 없었던 농민들은 오직 일할 기회만 찾았고 오른손으로 모내기를 하다가도 피고름이 쏟아지면 왼손으로 바꿔서 지속해야 할 극한의 지경으로 내몰렸다.

밤에는 손이 곪으면서 아리기 시작한다. 밤새 잠을 못 자는 부인네들이 많다. 아침에는 그 곪은 손을 남편이 짜주고 다시 헝겊으로 매고 일터로 나와야 했다. 손이 아파 말랑한 흙이라

41

도 꽂을 수가 없어 모가 둥둥 뜨기 마련이다.

—『들판』하, 25면

일제 때는 피 흘리는 들녘이었던 김제시 광활면의 농토가 이제는 햇감자의 산지로 변했다.

타작마당에서 바지가랑이에 묻혀 온 벼알을 털어 식량을 감당하려는 장면은 독자의 눈시울을 달아오르게 한다. 한겨울의 방파제 구축에 동원된 농민들이 홑옷바람으로 돌짐을 나르면서 추위에 떠는 모습은 읽는 이의 심장을 아프게 옥죈다. 허리를 펼 수 없을 정도로 고된 일에 시달리던 농민들이 하나둘 쓰러져 가고 아이들이 굶주림 끝에 개구리와 뱀이 썩은 도랑물을 먹고 죽어가는 극한 상황은 급기야 독자를 목 놓아 울게 만든다.

'피 흘리는 들녘'이라는 첫 장의 제목이 말해주듯, 서해안 간척지 갯들을 중심으로 하는 김만경들과 호남벌, 더 나아가서는 전 국토의 들판이 수난의 역사를 담고 있다. 즉 이 이야기는 새만금 방조제를 둘러싼 전라도 지방에 국한된 사실이 아니라는 것이다. 일제시대의 새만금은 민족수난사의 현주소였던 것이다.

당시의 농토는 오늘날의 우리가 생각하듯 고향에 대한 향수만으로 낙착될 수 없었다. 농토는 민족의 삶이었고 혼을 담은 생명의 근원지였다. 그러한 민족적 혼의 귀향지인 농토를 상기시키면서 저자는 그 사건을 경험하지 않은 '우리'와 동시대를 살아가면서도, '그'가 왜 과거 사건의 기억에 사로잡혀 있는가를 심사숙고하게 만든다.

일제의 간척사업과 관련된 여러 자료를 보관하고 있는 김제시 광활면사무소 전경

이 작품은 거의 실제 인물들로 구성되었다고 한다. 한국인은 말할 것도 없고 등장하는 일본인 또한 실존 인물들이라는 것이다. 일본인 육군 대령 후꾸이(福井重記)는 군의 요직에 있었던 일본의 최우수 두뇌파였고 후일 조선 총독과 일본 수상을 역임한 고이소와 동기였다고 한다. 그가 군직을 버리고 간척지 개간 사업에 투신했다는 사실은 오늘날의 새만금 사업과 연관 지어 중요하게 생각할 만한 일이다.

역사적 기억은, 우리 시대가 반드시 해결해야 하는 것인데도 불구하고 아직 해결하지 못한 현실 문제에 개입해 들어간다. 기억의 서사는 저자의 실천적 의지가 분명히 드러나는 현실 비평적 성격이 강한 글이기 때

일제의 폭력적인 노예노동이 자행되었던 역사적 기억을 뒤로 하고 김제시 광활면의 치안을 책임지고 있는 광활 경찰서

문이다.

작가는 해방을 시작으로 하는 겨레의 숙제를 시대적 과제로 제기한다. 식민지라는 폭력적인 사건의 되새김은 과거의 우리 민족이 경험한 일들을 현재를 살아가는 우리가 함께 나누어야만 한다는 지극히 당위적인 원칙을 새삼 강조하는 의미를 가진다. 과거의 사건에 대한 기억의 공유는 작품 속에 재현된 현실이 마치 그 사건의 전체인 것처럼 인식하게 만드는 현실 효과(real effect)를 촉발하기에 그렇다.

식민지의 피해자로서의 경험은 우리의 근현대 역사가 폭력으로 얼룩졌다는 것을 말하고 있다. 이러한 기억의 서사는 아직도 그 폭력의 기억으로부터 자유롭지 못한 이들이 우리 사회 곳곳에 많이 있다는 사실을 반증하는 것이기도 하다. 그런 점에서 이 작품은 아직도 우리 사회에서 치유되지 못한 채 해결을 기다리고 있는 식민지적 사건의 기억을 어떻게 이해할 것인가라는 문제와 관련하여 시사하는 바가 크다.

기억의 회귀는 근원적인 폭력성을 내포하고 있다. 기억은 단순히 과거에 당한 폭력적인 사건을 떠올리는 것만을 뜻하는 것이 아니다. 기억에 매개된 폭력적인 사건은 그 당시 그 장소에서 몸과 마음으로 느꼈던 모든 감각과 함께 지금, 여기의 현재형으로 생생하게 일어난다.[2]

기억의 시간과 현재적 삶의 시간은 일치하지 않는다. 그럼에도 불구하고 기억은 항상 현재형으로 회귀하는 사건이 된다. 기억은 시제를 파괴해 버린다. 그렇기 때문에 가해자는 피해자가 체험했던 폭력의 깊이를 결코 짐작조차 할 수 없는 것이다. 피해자에게 있어 과거는 과거로서 끝나지 않고 불현듯 떠오르는 기억의 한가운데서 소리 없는 신음으로 끈질기게 반복적으로 지속될 뿐이기 때문이다.

일제 때 노예노동에 동원되었던 농민들의 후손들이 다니고 있는 김제시 광활초등학교 정문

---

2 '기억'과 관련된 내용은 오카 마리, 김병구 역, 『기억 서사』, 소명출판, 2004를 많이 참고했다.

Chapter ❹ 새만금과 최치원
— 내초도 금돈시굴과 최치원 설화

1. 새만금 간척사업

군산에서 비응도까지 직선으로 난 길을 달려갔다. 섬까지 이어진 반듯한 길은 다시 바다 속으로 사라진다. 길이 아스라이 사라져 가는 지점에 신시도가 있고, 그 섬은 방조제를 따라 부안으로 이어진다. 새만금은 김제·만경 방조제를 더 크게 새롭게 확장한다는 뜻에서 만든 용어로, 만경·김제 평야와 같은 옥토를 새로이 일구어 내겠다는 의미를 담고 있다고 한다. 새만금 사업은 전라북도 군산시, 부안군, 김세시 옥구 일대의 갯벌을 매립하여 농지를 마련하고 식량주권의 국가를 만들겠다는 야심찬 계획 아래 시작되었다. 2001년 완성하기로 예정되어 있었던 물막이 공사는 그동안 환경단체와 시민들의 반대, 정부의 추진의지 미약 등으로 되는 듯 마는 듯하다가 2008년에서야 완공되었다. 새만금 방조제가 완성되고 거대한 새로운 땅이 모습을 드러냈다. 일제시대 때부터 군산 옥

비응도에서 신시도까지 연결된 방조제

구 일대에서는 바다를 개척하여 농토를 확장하는 간척사업이 조금씩 이루어졌고, 육지에서 가까운 가내도, 장산도, 내초도, 오식도, 비응도 등은 곧 육지가 되었다. 이제는 여의도의 수십 배에 달하는 땅이 새로 생겨나고 있다. 섬들이 육지에 안기면서 안타깝게도 섬들이나 해안과 관련된 수많은 문화와 유적들이 사라져가고 있다. 군산과 옥구 일대의 해안지방과 여러 섬들에 얽혀 있는 전설 중에는 최치원 관련 설화가 유독 많다.

비응도 풍력발전소

2. 최치원의 일생

그동안 전해지는 최치원과 관련된 내용을 간략하게 정리하면 다음과
같다.

최치원은 통일신라 헌강왕 1년(857년)에 태어났다. 자는 고운
(孤雲), 또는 해운(海雲)이라고 한다. 신라의 수도인 경주 사량부
또는 본피부에서 출생하였다고 전한다. 12세경에 당(唐)나라에
유학하여 17세에 빈공과에 급제하였고 여러 한직을 전전하다
고변(高騈)의 종사관으로 있게 되었다. 당 희종(僖宗) 6년(879년)
에 황소(黃巢)가 난을 일으켰다. 이에 고변의 종사관으로서 황
소를 토벌하는 격문인 〈격황소서(檄黃巢書) 혹은 토황소격문(討黃
巢檄文)〉을 썼다.

| 天下之人皆思顯戮仰 | 천하의 사람들이 모두 죽이려고 생각하고 |
| 亦地中之鬼已議陰誅 | 또한 땅속귀신도 이미 몰래 죽이기로 의 논하였다 |

이 구절을 읽은 황소는 너무 놀라 자기도 모르게 몸을 부들부들 떨다
가 의자에서 굴러 떨어졌다고 한다. 황소는 천하사람들을 상대로 자기가
황제라고 호언하며 난리를 일으켰지만, 귀신들마저 자기를 죽일 것을 몰
래 의논하였다는 말에는 더 이상 살 길이 없다고 여겼을지도 모른다. 이
후 고변의 막하에서 표나 격문을 지었던 공으로 당희종으로부터 비은어

대(緋銀魚袋)를 하사받았다. 고변 휘하에서 지은 글들은 후에 〈계원필경(桂苑筆耕)〉에 실려 있다.

이후 최치원은 신라로 귀국을 하게 된다. 혈기왕성한 28세의 나이에 바라본 신라는 여전히 골품제

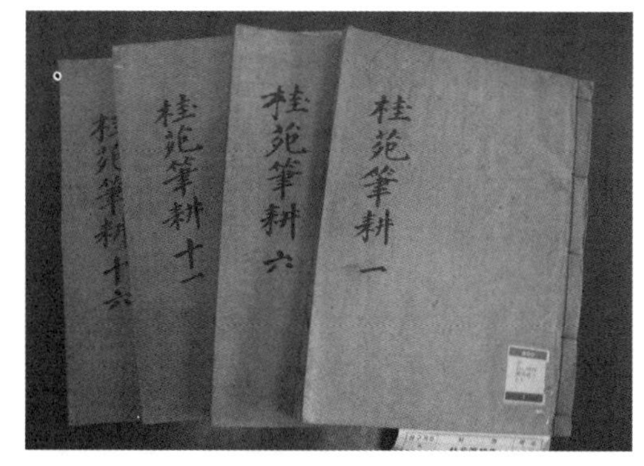

〈계원필경〉 사진, 전북대학교 도서관 소장

도란 완고한 틀에 매여 있고 혼란한 상태였다. 최치원은 신라 사회를 개혁하고자 시무 10조를 건의하였으나 당시 실권 세력인 귀족들에게 배척당하게 된다. 이후 각지를 돌아다니다가 가야산 해인사에서 죽은 것으로 알려져 있다.

3. 내초도 금돈시굴과 최치원

군신에시 긴척사업은 주로 농지사업과 관련이 많다. 섬과 섬을 이이서 방조제를 만들고, 그 안의 바닷물을 빼서 농지를 만들었다. 육지에서 가까운 섬들은 방조제 안으로 들어가 작은 야산이 되거나 심지어는 매립지를 위해 무참히 깎여졌다. 육지에 묻혀 버린 섬으로 가내도, 장산도, 내초도, 오식도, 비응도 등이 있다.

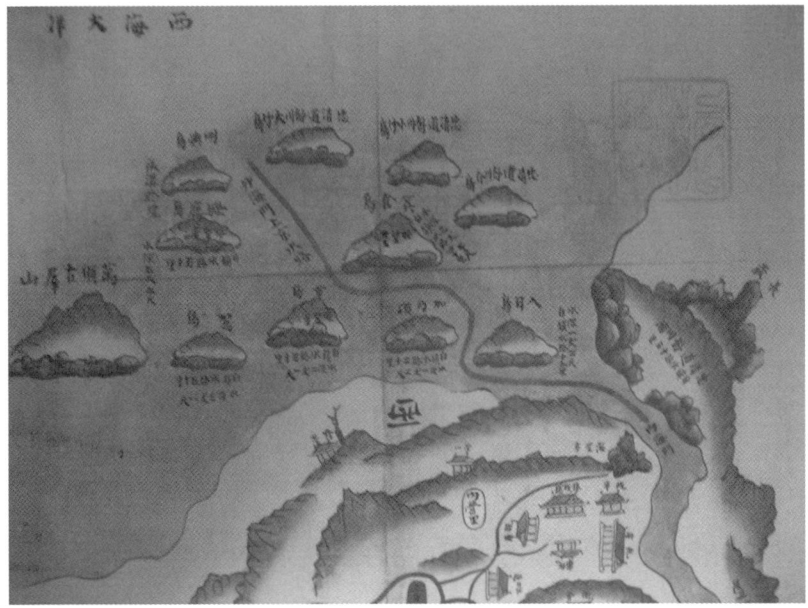

〈군산부〉 사진 중 오식도 내초도 비응도 관련 부분. 규장각 소장

경주 최씨의 시조는 금빛나는 돼지에서 낳았다 하여 일명 '돼지 최씨'
라고도 불린다. 지금은 군산시에 속해 있는 고군산 열도의 하나인 내초
도에서 있었던 일로 전해진다.

최치원의 아버지가 하루는 내초도라는 섬으로 사냥을 나갔
다가 누런 황돼지한테 붙들려 바위 밑 토굴로 끌려가서 몇 달
동안을 사는 동안에 황돼지에 태기가 있어 열 달 후에 아들을
낳았다.
그 아들이 점점 자라나자 아버지는 아들을 데리고 육지로 나

오려고 했으나 못나오고 황돼지와 같이 짐승처럼 살게 되었다. 하루는 어미 돼지가 이웃 섬으로 사냥을 나가고 없는 새에 다섯 살 난 아들에게 아버지는 사실 이야기를 다하면서 치원이 너를 육지로 데리고 나가 공부를 시키고 싶은 생각이 간절하나 빠져나갈 재주가 없다고 한탄을 했다. 이 말을 듣고 있던 아들은 어미돼지가 날마다 해다 놓은 나무토막을 몰래 엮어서 배를 만들어서 타고 나가자고 했다.

어느 날 돼지가 또 산에 나무를 하러 나간 사이에 나무를 발처럼 엮은 뗏목을 타고 육지로 나오는데 어느새 어미돼지가 알고서 헤엄을 쳐 쫓아오고 있었다. 금새 앞발이 배에 닿을 듯하자 아들이 미리 잘라서 실어 놓은 나무토막 하나를 던져 주었다. 욕심이 많은 돼지는 나무토막이 떠내려 갈까봐 아까워서 얼른 물어다가 섬에다 갖다 두고 또 쫓아오자 아들은 계속 나무토막을 던져 주어 끝내는 어미 황돼지가 기진맥진해서 죽었다.

구사일생으로 살아서 육지에 당도한 아들은 머리가 총명하여 아버지의 가르침에 따라 열심히 공부해서 뒷날에 훌륭한 인물이 되었으니, 그가 바로 경주 최씨의 시조요 신라의 대문장가였던 최치원이라고 한다. 이러한 설화에 의해서 옥구군 일대에서는 경주 최씨는 금돼지의 자손이라는 말이 지금까지 전해오고 있으며, 내초도에는 금돈시굴(金豚始窟)이라는 굴이 아직도 그 흔적을 나타내고 있다.[1]

　　최치원의 출생지에 관해서는 경주 사량부(沙梁部) 사람, 혹은 경주 황룡사 남쪽의 본피부(本彼部) 사람이라는 경상도 설과, 호남 옥구(沃溝) 사람이라는 설이 있다. 물론 최치원이 문학적으로나 유교·도교·신선 사상 등으로 유명한 인물이라서 그와 관련된 신이(神異)한 이야기들이 많이 생겨났을 것이다.

　　옥구설화나 경주설화의 내용 중에서 돼지에게 납치당한다는 설정은 같지만 경주설화의 경우 납치당한 사람이 어머니로 나온다. 경주 쪽의 탄생설화를 정리하면 다음과 같다.

　　옛날 어느 고을에서는 새 원의 부인이 부임 초야에 원인 모르게 실종되는 일이 거듭되어서 모두 그 고을 원이 되는 것을 기피하자 나라에서 지원자를 모집했다. 어떤 용감한 사람이 자원하여 원이 되어 가서 명주실을 부인의 몸에 매어 두었다. 그날 밤 부인이 감쪽같이 실종되자 원은 몸소 탐색에 나섰다. 실을 따라 괴적의 동굴에 이르러 동굴문을 열고 안에 들어가자 별천지가 있었다. 그 안에는 오래 묵은 금돼지가 부인의 무릎을 베고 누워 있었다. 남편이 구하러 온 것을 안 부인이 금돼지에게 세상에서 제일 무서운 것이 무엇인가를 물어서 몸에 지니고 있던 녹피(鹿皮)로 금돼지를 처치하고 굴 속의 많은 금은 보화를 그곳에 잡혀 있던 사람들에게 나누어 주었다. 금돼지에 의해서 임신한 부인이 여섯 달이 지난 뒤 아들을 낳았는데 그가 바로 경주 최씨의 시조인 최치원이다. 경주 최씨는 금돼지 자손이다. 원은 금돼지의 자식이라 하여 아이를 물가에 버렸는

데 짐승들이 와서 보호해 주었다. 최치원은 생이지지자(生而知之者)로서 스스로 글을 깨쳤으며, 중국 선비들과의 글 시합에서도 이겼다. 치원은 서울로 가서 거울 고치는 사람 행세를 하다가 정승집의 거울을 일부러 깨뜨리고 파경노(破鏡奴)란 이름으로 그 집 종이 되었으며 정승 딸과 시(詩)로 사귀었다. 중국에서 조선에 인재가 있나를 알아보기 위해 낸 문제를 정승 대신에 해결하는 조건으로 정승 딸과 결혼하고 답을 시로 지어 맞추었다. 중국에 사신으로 가서 여러 가지 시험을 받았으나 모두 슬기롭게 극복하고 중국의 과거에 합격하여 높은 벼슬을 했다. 만년에 가야산에 들어가 신선이 되었는데 들어갈 때 거꾸로 심어 놓은 작지가 자라서 아직도 살아 있으므로 최치원은 지금도 신선으로 가야산에 살고 있다.[2]

두 설화의 가장 큰 차이점은 옥구 설화에서는 원님이 납치를 당했다는 것이고, 경주 설화에서는 부인이 납치를 당했다는 것이다. 납치되어 신이(神異)한 존재에게 영향을 받아서 출생하게 되었다는 내용은 설화에서 뛰어난 인물의 탄생을 이야기할 때 많이 사용되는 기법이다. 금돼지리는 신령한 존재의 영기를 받아서 태어난 최치원은 훗날 천하에 어떤 식으로든 크게 이름을 떨친 존재가 될 것이라는 암시를 하고 있다.

이 같은 예언에 따라서 최치원이 어려서부터 특출한 재능을 보이는 것은 매우 당연시된다. 알려주지 않았는데도 혼자 글을 깨우치고, 글 읽는 소리가 황해를 건너 중국 황제에게까지 들린다. 지금 군산시 상평마을에

---

2 한석수, 『최치원전승의 연구』, 계명문화사, 1989, 56면.

〈자천대〉 옥구향교 앞, 문화재청 홈페이지에서 인용

자천대(紫泉臺)가 있다. 『옥구구지(沃溝舊誌)』에 따르면, 최치원이 일찍 당
나라에서 큰 벼슬과 학문을 닦고 신라로 돌아왔을 때, 세상은 어지럽고
민심도 흉흉하였다. 이에 홀로 자천대에 올라 망망대해를 바라보며 독서
삼매로 시름을 달랬다고 한다. 이 자천대는 군산의 비행장 안에 있었던
것을 지금의 상평마을로 옮겼다고 한다. 원래 자천대 부근에는 곧고 매
끄러운 암석이 있었다. 그 암석 위에는 꿇어 앉아 글을 읽고 글씨를 썼
던 최치원의 무릎 자욱과 먹을 갈았던 흔적이 남아 있다는 전설도 같이
내려오고 있다.

4. 신라에서의 최치원

경주와 정반대쪽에 위치한 군산에 최치원 관련 설화가 생겨난 것은 무슨 이유일까? 최치원의 시 중 〈추야우중(秋夜雨中)〉을 살펴보자.

秋風唯苦吟　　가을바람에 괴로이 읊나니
世路少知音　　세상에 날 알아주는 이 없네
窓外三更雨　　창 밖 삼경의 빗소리에
燈前萬里心　　등불 앞엔 만리로 내닫는 이 마음

이 시에 대해선 두 가지 의견이 있다. 당나라에서 고국을 그리워하며 지었다는 설이 있고, 귀국 후 신라에서 자신의 재능을 알아주는 사람이 없다는 절망감에 지었다는 설이 있다. 가을은 남자를 쓸쓸하게 만들고 상념에 빠지게 만든다. 괴로이 읊을 수 있는 배경이 형성된 것이다. 이렇게 쓸쓸이 시를 짓는 이유는 소지음(少知音) 때문이다. 지음(知音)이란 백아와 종자기처럼 서로를 알아주는 친한 벗을 일컫는다. 최치원은 단순하게 진한 빗에서 의미를 확장히여 진심으로 자신의 재주와 능력을 알아보고 자신을 정치적으로 이끌어줄 사람을 찾고자 했다. 그러나 골품제와 육두품이라는 정치적 현실 앞에서 최치원을 알아줄 사람은 없었다. '없다(無)'라고 하면 너무 박절하기 때문에 조금 너그럽게 '적다(少)'라는 말을 쓴다고 공자(孔子)는 말했다. 사실 조금 너그럽게 말한다고 현실이 바뀌는 것은 아니다.

제1구 '추풍유고음'에 시인의 뜻이 집약되어 있고, 그 고독의 궁극적

원인은 제2구의 '소지음' 때문이다. 제3구의 '삼경우'는 곧 시인의 고독한 눈물이요, 제4구의 '만리심'은 세상과 어그러져 이리저리 떠돌고 있는 시인의 방황하는 심사이다. 특히 제3·4구는 외곽과 내곽, 시간과 공간, 청각과 시각이 절묘한 대비를 이루며 시인의 걷잡을 수 없는 고독을 형상화하고 있다. 등불 앞에서 만 리를 달리는 마음이란 어느 한 곳에 정착하지 못하고 이리 저리 내달리는 최치원의 방황하는 심사를 형상화한 것이다.

이 시는 최치원이 당나라에서 향수를 달래며 지은 것으로 보기도 하나, 귀국 후 세상에 용납되지 못하여 제 뜻을 펼치지 못하는 괴로운 심경을 토로한 것으로 보는 편이 낫다. 즉, 중국에서 마음껏 문재(文才)를 떨치고 귀국한 최치원이 헌강왕이 죽은 뒤에는 태산군(太山君, 지금의 정읍) 태수 등 외직으로 전전하였고, 진성왕에게 당시 국정을 바로잡을 개혁안을 담은 시무책(時務策, 時務十條)을 올렸으나 실행을 보지 못하였다. 은거에 들어갔던 전후상황을 감안할 때 제 역량과 포부를 제대로 발휘할 수 없는 당대 현실과의 부조화가 최치원으로 하여금 이 시를 짓게 만들었고 결국 가야산에 은거하도록 했을 것이다.

狂奔疊石吼重疊　　성난 물길 겹겹의 산봉우리를 울리며 내달으니
人語難分咫尺間　　사람 말소리는 지척에서도 분간키 어려워라
常恐是非聲到耳　　늘 세상의 시비소리 들릴까 두려워
故敎流水盡籠山　　일부러 흐르는 물로 온 산을 둘렀네

성난 물길이 되려면 큰 비가 내려야 한다. 큰물이 있어야 큰 흐름을 만

들 수 있고, 그래야 세상을 울릴 수 있는 큰 소리를 낼 수 있다. 1구의 미친 듯 내달리는 물길은 최치원의 심경이다. 세상에 큰 울림을 이루고 싶은데 그러지 못하는 신세이다. 그러니 자신은 가야산에 은둔하여 세상과 담을 쌓고 싶어한다. 당시 사회의 혼란한 상을 대변하는 것이 시비성(是非聲)이다. 최치원은 이러다 저렇다 하는 시비소리를 듣고 싶지 않아서 미친 듯 흐르는 물로 산을 둘러쳐 들어오지 못하게 하였고 말한다. 이때까지만 해도 최치원은 몸에 힘도 있고 세속에 대한 욕구도 강렬한 듯 보인다.

이후에 경주 남산, 합천 청량사, 남원 지리산에 이르기까지 전국을 방황하다가 지리산에서 은거할 때 지은 시가 있다.

東國花開洞	우리나라 화개동은
壺中別有天	항아리 속의 별천지라
仙人推玉枕	신선이 옥베개 밀치니
身世欻千年	이 몸은 훌쩍 천년이라

최치원은 지리산 쌍계사의 '진감선사비문(眞鑑禪師碑文)'을 지었다고 한다. 화개동은 쌍계사가 있는 곳이다. 화개골짜기는 조선시대에도 100여 개가 넘는 절과 암자가 있었고, 명승(名僧)과 유학자들이 많이 찾던 곳이라고 한다.

화개동을 별천지라고 하였으니 최치원은 이미 선경 속에 들어온 것이다. 옥베개를

쌍계사 진감선사대공탑비. 문화재청 홈페이지에서 인용

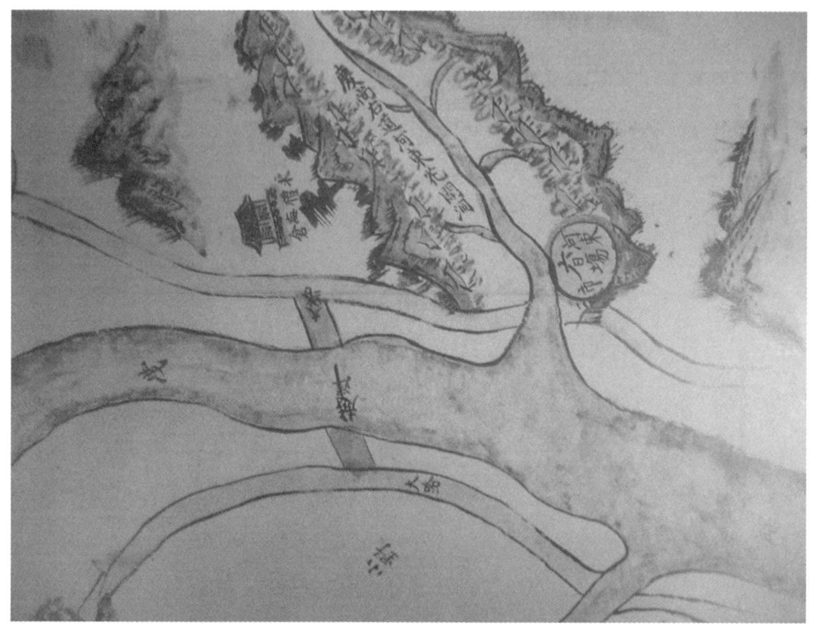

〈경상우도 하동 화개동〉 규장각 소장 〈구례부〉 지도에서 발췌

베고 잠시 눈을 붙일 정도로 편안함을 느꼈던 것을 보면 최치원은 이곳
에서 잠시 머물렀던 듯하다. 잠들었다 일어나니 어느새 천 년이란 세월
이 훌쩍 지났다. 잠시 잠든 사이에 천년의 세월이 흘렀다는 것은 곧 신
선의 풍모를 지닌 것을 말한다. 이 시에서는 세속의 경계를 벗어나 신선
의 풍모를 지닌 최치원의 모습을 볼 수 있다.

　최치원이 어떻게 생을 마감하였는지는 자세하지 않다. 쌍계사에서 불
일폭포로 올라가다 보면 사람의 키를 훌쩍 넘는 큰 반석의 환학대(還鶴
臺)가 있다. 최치원이 학을 불러 타고 다녔다는 곳이다. 설화에 따르면
이곳에 신발을 벗어놓고 학을 타고 날아갔다고도 한다. 오식도에서 들

은 설화에서는 바닷가에 신발을 벗어놓고 해선(海仙)이 되어 떠났다고도 한다.

전설이란 그 흔적이 현재까지 남아 있을 때 생명력을 가진다. 전설의 증거물이 바위가 사라지고 섬이 사라질 때, 관련 전설도 사라진다. 자천대가 남아 있어 최치원 전설이 살아 있는 것처럼 우리들 마음속에 깊은 문화의 향기가 계속해서 남아 있으면 좋겠다.

Chapter ❺ 봉래산 기행시
— 구한말 은사, 매헌공의 시를 통해 본 변산의 아름다움

1. 역사와 문학 속에 비친 변산의 다양한 모습들

변산(邊山)은 부안군에 있는 높이 508m의 산이다. 산이면서도 서해와 바로 잇닿아 있는 독특한 지형 특질을 보인다. 변산에는 최고봉인 의상봉(義湘峰)과 더불어 쌍선봉(雙仙峰)·옥녀봉(玉女峰)·관음봉(觀音峰) 등 400여 m 높이의 봉우리들이 서로 연해 있으며, 골짜기도 깊고 계곡도 수려하다. 1971년 12월에 도립공원으로 지정되었다가, 1988년 6월 11일에는 변산반도(邊山半島) 일대 해안과 주변 능선을 포함하어 국립공원으로 승격 지정되었다.

변산은 외변산과 내변산으로 나누어지는데, 내변산(內邊山)은 변산반도 내부의 남서부 산악 지대를 가리키며, 외변산(外邊山)은 바깥쪽 바다를 끼고 도는 해안 지역을 말한다. 안팎으로 산과 바다가 조화롭게 어우러져 빚어내는 기승절경(奇勝絶景)이 일품이다. 울창한 수림(樹林)과 맑은 계류

(溪流), 층층의 기암절벽과 깨끗한 백사장은 신선이 사는 선경(仙境)의 분위기를 자아낸다. 변산의 이칭(異稱)이 영주산(瀛州山)·봉래산(蓬萊山)·방장산(方丈山) — 중국 전설 속 대표적 선경인 삼신산(三神山) — 인 것도 근거 없는 과장은 아닐 성싶다.

변산은 경치뿐 아니라 예부터 질 좋은 목재, 어패류, 소금 등의 물산(物産)이 풍부한 곳으로 알려져 있다. 고려 무인집권기(武人執權期)의 문신 이규보(李奎報, 1168~1241)는 변산에 벌목(伐木)하는 일을 맡아보는 관리로 부임해 와서, 변산을 가리켜 '재목창(材木倉)'이라 하였다. 그의 문집『동국이상국집(東國李相國集)』제23권의 〈남행월일기(南行月日記)〉에는 이때 사람들이 자신을 '작목사(斫木使)'라고 부르는 것에 대해 장난 삼아 지은 시가 있다.

權在擁軍榮可詫	권세가 군대를 거느리니 영광은 자랑할 만하지만
官呼斫木辱堪知	관민들이 작목사라 부르니 자못 창피하네
邊山自古稱天府	변산은 예부터 천부라 일컬었으니
好揀長材備棟樑	좋은 재목 가려내 동량으로 쓰리라

천부(天府)는 '하늘의 곳집'이라는 말로, 변산에 좋은 나무가 그만큼 많이 난다는 것을 의미한다. 이규보는 일기(日記)에서 궁실(宮室)을 수리·영건하느라 해마다 재목을 베어내지만 아름드리나무와 하늘 높이 치솟은 나무는 결코 줄어들지 않는다고 했다. 변산은 나라에서 궁궐이나 전각 등을 짓기 위해 개인의 벌목 행위를 금했던 금산(禁山)이었기 때문에, 항상 울창한 수림을 자랑했다.

그런데 임진(壬辰)·병자(丙子)의 대란을 거친 후 사사로이 변산의 수목에 손을 대는 이들이 생겨났다. 주린 처자식을 위해 어쩔 수 없이 목숨을 걸어야 하는 생계형 땔나무꾼이 있는가 하면, 수령(首領)·변장(邊將)처럼 사리사욕(私利私慾)을 채우기 위해 무단으로 벌목을 하는 탐욕형 관리도 있었다. 특히 후자로 인한 폐해가 도를 지나쳐 광해군(光海君) 때에는 변산에 궁성 축조에 쓸 만한 아름드리나무가 한 그루도 남아 있지 않을 정도였다고 한다. 이에 1620년(광해군 12), 광해군은 당시 변산에 남아 있는 대·중·소 목재 점검을 강화하고 그 수량을 책으로 만들어 올리라는 전교(傳敎)를 내렸다. 『세종실록(世宗實錄)』〈지리지(地理志)〉의 전라도조(全羅道條)에도 변산에서 전함(戰艦)의 재목이 많이 난다는 기록이 있다.

조선후기 실학자 이중환(李重煥, 1690~1752)은 『택리지(擇里志)』에서 변산의 평탄한 땅이나 산꼭대기, 깎아지른 듯한 벼랑을 막론하고 큰 소나무가 하늘로 솟아 해를 가렸다고 기술하였다. 또 백성들이 산에 올라서는 나무를 하고, 산을 내려오면 고기잡이와 소금 굽는 것을 업을 삼으므로 땔나무와 조개 따위는 돈을 주고 사지 않아도 되며, 어염시초(魚鹽柴草)가 풍부한 고장이라고 하였다.

조선 중기의 풍수학사 남사고(南師古)는 『남격암십승지론(南格庵十勝地論)』에서 재난이 일어났을 때 안전하게 피신할 수 있는 보길지(保吉地) 중 하나가 변신 호암(壺巖, 일명 굴바위)이라고 예언하였다. 이 지역은 수목이 울창하고 인적이 거의 없어 호랑이가 사람을 피하지 않을 만큼 평화스런 곳으로 전해진다.

이렇게 육지와 섬, 바다와 산, 골짜기와 절벽 등을 모두 품고 있는 변산의 지형적 특질은 고인(高人)·은사(隱士)가 우거(寓居)할 만한 곳이라는 평을 얻기도 했지만, 이와 반대로 도적들이 세(勢)를 이루어 숨어살기에 천혜의 조건이 되기도 했다. 『조선왕조실록(朝鮮王朝實錄)』 영조 5년에 당시 병조판서 조문명(趙文命, 1680~1732)이 변산을 승격시킬 것을 청하는 상소를 올렸는데, 그 내용인즉 다음과 같다.

부안의 변산은 주위가 광활하여 양영(兩營)과 각진(各鎭)이 모두 며칠 걸리는 거리에 있습니다. 따라서 도적들이 쉽사리 의지하여 숨으니, 지난 봄 역도(逆徒)들이 변산을 빙자하여 소란을 일으킨 일로도 징험할 수 있습니다. 본현(本縣)은 땅이 넓고 백성이 많은데다 또 성곽과 해자가 있으니, 좌원장(左援將)이란 칭호를 주어 영원히 당상관(堂上官)의 자리를 만드소서.

扶安邊山周圍廣闊　兩營與各鎭皆爲數日程　嘯聚之徒易爲依隱　前春逆徒之憑藉邊山　作爲騷屑者可驗也　本縣地廣民夥又有城池　授以左援將之號　永作堂上窠

—英祖實錄 21卷, 5年(1729 己酉) 2月 25日 庚子

변산은 300~400m에 이르는 봉우리들이 겹겹이 쌓여 있고, 바위로 된 골짜기가 깊어 도적들이 은신하기에 좋다는 내용이다. 더군다나 인근에 수영(水營)과 진(鎭)이 없어 도적들의 발호에 신속하게 대비할 수 없는 문제점도 지니고 있었다. 일찍이 조정(朝廷)과 관(官)에서는 도적의 소굴을 소탕하고자 했으나 골이 깊고 숲이 우거져 번번이 실패했다고 한다.

1728년(영조 4)에 있었던 이인좌(李麟佐)의 난 때에도 변산의 도적 9천이 반란에 가담했다가 관군에게 토벌되었다고 전해지니, 그 세력의 강성함을 짐작하고도 남는다.

변산의 도적 이야기는 조선 정조 때 문장가이자 실학자인 박지원(朴趾源, 1737~1805)의 〈허생전(許生傳)〉에도 등장한다.

허생이 높은 곳에 올라 섬을 둘러보고는 섭섭한 표정을 지으며 말했다.

"땅이 천 리도 못 되니 무엇을 할까마는 토지가 기름지고 샘물이 달콤하니 부가옹(富家翁) 노릇쯤은 하겠구나."

그러자 사공은 물었다.

"섬이 텅 비고 사람 하나 구경할 수 없으니 뉘와 함께 사신단 말씀이시오?"

허생이 대답했다.

"덕(德)이 있으면 사람은 저절로 모이는 법이네. 나는 오히려 내가 덕이 없을까 걱정이지 사람 없음이 걱정거리가 안 된다네."

이때 마침 변산에 도적떼 수천 명이 살고 있었다. 관(官)에서 군졸을 징발하여 잡으려 하였으나 이루지 못하였다. 그러나 도적들 역시 관군 등쌀에 밖에 나와 노략질을 할 기회가 없어 배를 곯고 있는 형편이었다. 허생은 도적의 소굴로 들어가서 괴수(魁帥)에게 물었다.

"너희들 천 명이 돈 천 냥을 훔쳐서 서로 나누어 가지면 각기 얼마나 되는가?”

괴수가 대답하였다.

“하나 몫이 한 냥밖에 안 되지요.”

허생이 또 물었다.

“그럼, 너희들은 아내가 있는가?”

뭇 도적들이 대답했다.

“없습지요.”

“그럼, 너희들의 밭은 있는가?”

이때 한 도적이 실소하며 대답했다.

“밭 있고 아내 있으면야 어찌 이다지 괴롭게 도둑질을 일삼겠소?”

허생이 말했다.

“정말 그렇다면 아내를 얻고 집을 짓고, 소를 사서 농사짓고 살면, 도둑놈이란 더러운 이름도 없을뿐더러 살림살이엔 부부(夫婦)의 즐거움이 있을 것이네. 또 아무리 세상에 나와서 자유롭게 다닌다 하더라도 잡혀갈 걱정이 없으니, 길이 잘 입고 잘 먹고 살 수 있지 않겠는가?”

뭇 도적들이 말했다.

“그야 정말 소원이겠지만 다만 돈이 없을 뿐이지요.”

—〈허생전〉 중에서[1]

---

1 박지원(朴趾源), 『열하일기(熱河日記)』, 〈허생전(許生傳)〉.

남산 묵적동(墨積洞)에 사는 주인공 허생은 아내의 푸념과 타박을 견디다 못해 10년을 작성했던 글공부를 7년 만에 단념한다. 집을 나간 허생은 한양 최고 부자 변씨(卞氏) — 변승업(卞承業)의 조부 — 에게 만금(萬金)을 빌려 과실, 망건 등을 매점매석하여 엄청난 이윤을 거두었다. 허생은 그 돈으로 도적 무리 수천 명을 무인도로 데려가 유토피아를 구현한다. 이것이 〈허생전〉의 기본 줄거리이다. 박지원은 이 작품을 통해 17~18세기의 정치·경제·사회가 지닌 구조적 문제점과 모순을 지적하고, 당시 집권층의 무능력과 허위의식을 비판했다. 또한 해외무역, 단발령, 백의(白衣) 폐지 등 중상(重商)과 실용(實用)을 강조함으로써 선진적인 실학자로서의 의식세계를 투사해냈다.

이처럼 변산은 역사와 문학 속에서 때로는 '인간이 아닌 신선이나 살 법한 이상세계[別有天地非人間]'로, 때로는 비루한 현실에 좌절한 지사(志士)가 수려한 산천경개(山川景槪)를 벗 삼아 불우지정(不遇之情)을 토로하는 장소로, 때로는 제도권에서 소외된 사회 기층민들 — 하층농민과 노비 등 — 이 유리걸식하다 불가피한 범법자가 되어 숨어사는 곳 등 다양한 모습으로 나타난다. 변산은 보는 방향에 따라 서로 다른 빛깔로 다채롭게 반짝이는 금강석 같은 곳이라고 할 수 있다.

이 글은 고제구(高濟龜, 1858~1913)[2]의 『매헌유고(梅軒遺稿)』에 수록된 '봉

---

2 고제구(高濟龜, 1858~1913)는 구한말(舊韓末) 고창 흥덕의 산림처사(山林處士)이다. 고제구의 자(字)는 낙서(洛瑞)요, 호(號)는 매헌(梅軒)인데, 여재(旅齋)라고도 불렸다. 고창군(高敞郡) 고수면(古水面) 예지리(禮智里)에서 태어났다.
　선조의 가르침에 따라 어린 시절부터 경사제서(經史諸書)의 이치를 궁구하면서 보냈다. 여가가 있는 틈틈이 서법(書法)을 익혀서 필법(筆法)이 '정묘(精妙)'하다는 평을 들었다. 과거를 위해 20여 년간 한양에서 유학하였으나 끝내 출사(出仕)의 뜻을 이루지 못하고 귀향하였다. 구한말의 애국지사인 면암(勉庵) 최익현(崔益鉉, 1833~1906) 선생과 호남의 문유(文儒)이자 의병장이었던 송사(松沙) 기우만(奇宇萬, 1846~1916) 선생의 문하에서 수학하였다.

래산 기행시(紀行詩, 필자 가제(假題))'를 통해 변산이 품고 있는 다면적인 아름다움과 다층적인 의미를 재생해 보는 데 목적이 있다. 실제로 변산은 자연의 섭리가 빚어낸 비경(秘境)뿐 아니라 인간의 삶과 의식의 결정체인 많은 유물과 사적을 품고 있다.

2006년 4월 21일, 새만금 방조제 끝막이사업 2.7km가 성공적으로 완료됨으로써, 14년 5개월 동안 공사 중단과 재개라는 험난한 과정을 반복하던 새만금 방조제 공사가 일단락되었다. 33km에 걸친 세계 최장의 방조제가 2010년 개통을 앞두고 있다. 삶의 소박함이 묻어나던 갯벌과 뭇새들의 쉼터였던 해안가 모래톱은 바다 한가운데를 횡단하는 새만금관광도로에 자리를 내주었다. 아름다운 해안 경관으로 관광객의 발길을 붙잡았던 새만금 일대가 이제는 새만금 간척사업의 본격적인 전개로 '해상 그린유토피아'를 꿈꾸고 있는 것이다.

허생이 일군 '무인도 유토피아'에서 조선후기 기층민을 대변하는 도적들은 사회변혁이나 유토피아 건설에 주체적인 역량을 보여주지 못했다. 허생 또한 사회 경제적 관점에서 현실을 모순이나 부조리를 극복하여 보다 건전하고 발전된 사회를 지향하는 데에는 이르지 못했다. 요컨대 허생의 '무인도 유토피아'는 현실에서 밀려난 사대부들의 관습적 행보처럼 일시적인 도피와 은둔의 속성을 띠고 있다. 모쪼록 새만금 간척사업이 허생의 한계를 넘어서서 '인간'과 '관계'를 중심으로 하는 공존과 상생의 사업이 되기를 기대하며 화제를 다시 변산으로 돌려본다.

1913년 9월 6일, 향년 56세를 일기로 세상을 떠났으며, 부인 울산(蔚山) 김씨(金氏)와의 사이에 2남 1녀를 두었다. 『매헌유고』는 매헌공의 유집(遺集)으로, 1974년 국제문화사(國際文化社)에서 간행된 『장흥고씨선세유고(長興高氏先世遺稿)』 속에 합본되어 전해진다.

부안과 군산을 잇는 새만금 방조제. 세계에서 가장 긴 이 방조제로 대한민국의 지도가 바뀔 예정이다.

2. 벗과 함께한 변산 노정기(路程記)

매헌공과 여러 벗이 함께한 변산 노정기, 가칭 '봉래산 기행시'는 구한말 고창의 초사(楚士) 고제구(高濟龜)의 유집『매헌유고(梅軒遺稿)』뒷부분에 실린 16수의 한시에 붙여본 제목이다. 내용은 며칠 동안 벗들과 더불어 봉래산, 즉 변산 일대의 명승과 고적을 둘러보고 그 감회를 시로 표현한 것이다. 16수의 한시는 매헌공이 쓴 한시를 먼저 싣고, 그 뒤에 제공(諸公)들이 매헌공의 시에 차운(次韻)하여 지은 시를 붙이는 방식으로 구성되어 있다.

매헌공과 제공(諸公)들이 유람한 변산반도와 곰소만 일대는 새만금사업 구역에서 살짝 비껴나 있다. 방조제로 막아놓은 지역에 조만간 간척사업이 이루어져 육지화가 될 것이라는 점을 감안한다면, 변산반도와 곰소만 지역은 자연이 만든 천혜의 절경을 유일하게 간직한 전북 지역 해안이 될 것이다. 따라서 새만금 방조제와 향후 새만금간척지를 새로운 명소로 조성하는 사업만큼 변산반도와 곰소만 일대의 소중한 자연 유산을 잘 보존하여 후손에게 물려주는 것도 중요한 일이다. 매헌공의 유람 노정과 감상의 기록이라 할 수 있는 '봉래산 기행시'를 다루는 이유도 여기에 있다.

먼저 매헌공의 봉래산 일대 유람의 노정은 다음과 같다. 유람을 마치고 돌아온 날이 명기(明記)되어 있지는 않지만 대략 일주일 정도가 걸린 듯하다.

- 첫째 날(9월 25일) : 사포(沙浦) → 줄포(茁浦) → 유천(柳川)

- 둘째 날(9월 26일) : 내소사(來蘇寺)

- 셋째 날(9월 27일) : 격포(格浦)

- 넷째 날(9월 28일) : 채석강(彩石江) → 적벽강(赤壁江) → 낙조대(落照臺)

- 다섯째 날(9월 29일~30일) : 월명암(月明菴) → 직소폭포(直沼瀑沛) →
  실상사(實相寺) → 노촌(露村)

- 일곱째 날(10월 1일) : 유천정사(柳川精舍)

출발일이 9월 25일이므로, 늦가을의 정취가 고즈넉하게 느껴지는 때였음을 알 수 있다. 전체적으로 시의 분위기는 늦가을이라는 계절적 배경이 형성하는 고적감(孤寂感)과 쇠락(衰落)의 느낌이 지배적이다. 이제 시를 살펴보기로 하자.

제1수는 오언율(五言律)로 쓴 〈사포를 지나면서 읊다[過沙浦吟]〉이다. '봉래산 기행시'의 첫 번째 작품인 이 시에는 "운재(雲齋), 수남(秀南) 등 여러 벗들과 더불어 변산 봉래산을 두루 구경하려고 함께 9월 25일에 내려왔다[同雲齋秀南諸公蓬萊歷路 下同九月二十五日]"라는 주(註)가 붙어 있는데, '내려왔다[下]'는 글자는 '출발했다[發]'나 '떠났다[行]'의 오자(誤字)로 판단된다.

沙浦無邊景	끝없는 사포의 풍경
最宜問白鷗	백구에게 묻노라니 최고가 마땅하리
爽快三盃飮	석 잔 술에 상쾌하고
清閒九月遊	9월의 유람은 여유롭네
地平湖易退	드넓은 바닷물은 밀려왔다 밀려가고

峽擁霧難收　　골에 드리운 바다 안개는 걷히질 않네
江天雲水色　　강이 하늘에 닿으니 구름도 물빛인데
恐助遠人憂　　행여 먼 길 가는 나그네 걱정 돋울까

　사포는 고창군 흥덕면 사포리에 있는 포구(浦口) 이름이다. 1700년대부터 풍어(豊漁)·풍작(豊作)과 마을 주민들의 무사태평을 위하여 백사장에서 농악을 울리고 제사를 지냈는데, 이 때문에 1850년대에 이르러 사포로 부르게 되었다고 한다. 봉래산 유람의 노정은 바로 여기 사포에서 시작되었다. 사포는 곰소만의 가장 안쪽에 위치해 있다. 매헌공은 이 시에서 사포에서 바라본 곰소만의 풍경과 유람을 나서는 즐거움을 표현하였다. 작품의 미감을 좀 더 구체적으로 분석해 보기로 하자.

　먼저 수련(首聯)에는 사포에서 바라보는 바다와 모래사장에 앉은 백구를 형상화한 서경(敍景) 대목이다. 바다의 푸른빛이 백구의 흰빛과 대비를 이루어 산뜻하고 깨끗한 느낌을 자아낸다. 함련(頷聯)은 유람을 시작하는 매헌공의 심리를 묘사한 서정(抒情)이다. 본격적인 유람에 나서기에 앞서 벗들과 기울인 몇 잔 술에 시원하고 느긋해진 마음이 '상쾌(爽快)'와 '청한(淸閑)'에 담겨 있다. 경련(頸聯)에서는 조수(潮水)가 밀려오고 밀려가는 사포 바다에 안개가 짙게 껴 있는 모습을 표현하였다. 보통 이른 아침 바다 위에 끼는 안개가 해가 떠오르고 조수가 한 차례가 바뀌었는데도 걷히질 않는다. 쉬 걷히지 않는 안개를 바라보며 앞으로의 여정이 어렵지는 않을까 걱정하는 대목이 미련(尾聯)이다. 시는 전체적으로 서경 → 서정 → 서경 → 서정으로 이어지는 선경후정(先景後情)의 시상(詩想) 전개 방식을 취하고 있다.

 다음은 오산(鰲山) 윤상의(尹相義)가 매헌공의 〈과사포음(過沙浦吟)〉에 차운한 시이다. 매헌공이 〈과사포음(過沙浦吟)〉에서 사용한 운자(韻字) '구(鷗), 유(遊), 수(收), 우(憂)'에 압운(押韻)하여 지었다.

拖到名沙浦	서로 이끌며 사포에 이르니
蒼波起白鷗	푸른 물결 이는 곳에 백구가 앉았네
方丈前宵夢	방장산을 어젯밤 꿈에 보았더니
邊山此日遊	오늘 변산을 유람하게 되었네
景物開襟潤	보이는 풍경을 가슴에 담고
秋色滿目收	가을빛을 눈에 가득 담네
莫令歸杖促	돌아가는 지팡이 재촉하지 말게
暗送世間憂	가만히 세속의 근심을 잊는다네

 오산공은 선계(仙界)를 연상케 하는 사포의 가을 정취 속에서 세상살이에 대한 시름을 잊고자 하였다. 가을 바다와 사포에서 조망한 주변 풍경이 정적(靜的)인 분위기를 형성한다. 수련(首聯)은 매헌공의 시와 거의 동일한 시상으로 전개된다. '푸른 물결[蒼波]'와 '흰 갈매기[白鷗]'의 청백(靑白) 대비를 통해 이미지를 강화하는 방식도 동일하다.

 원래 차운시(次韻詩)란 앞선 사람의 시에 쓰인 운을 빌려 이어놓은 일종의 화운시(和韻詩)이다. 차운은 화운(和韻)의 방식 가운데서도 가장 엄격한 형식적 제한을 두는 경우로, 원 작품의 원운(原韻)과 운자가 동일해야 할 뿐 아니라 순서까지 일치해야 한다. 차운시는 주어진 운자를 그대로 사용해서 시를 지어야 하기 때문에 자유로운 정감이나 사상의 표현이 용이하지 않다는 한계를 지닐 수밖에 없다. 즉, 운자를 가지고 만들어낼 수 있는 한자어의 조합이나 운자 자체가 가지고 있는 의미 범주 혹은 운자가 구현해내는 이미지 등이 한정적이다.

매헌공과 오산공의 시에 쓰인 '鷗(구)' 자 운은 한시에서 백구 외에는 별다른 조어(造語) 활용이 나타나지 않는다. 또 '遊(유)' 자 운은 봉래산 유람이라는 현재 상황을 드러내는 글자로, '憂(우)' 자 운은 시적화자의 현재 심리를 투영하는 글자로 쓰임으로써, 원래 글자가 가진 의미 지향을 현재 시점에 한한 것으로 축소하였다. 이에 비해 '收(수)' 자 운은 조어력이나 의미 범주에 있어서 보다 자유롭고 포괄적이다. 그 때문에 매헌공의 경련과 오산공의 경련은 똑같이 사포의 풍경을 담고 있으면서도 객관적 서경과 주관적 서경의 차이를 드러내고 있다.

제2수는 〈오후에 줄포를 지나다[午后過茁浦]〉이다.

襟牽夕陽袖受風　　옷자락 끝 석양, 소매에 이는 바람
十人行色有時同　　열 사람 행색이 한날 한가지라
閱看茁浦二三里　　줄포 2·3리를 쭉 둘러보니
立立孤帆大海中　　넓은 바다에 고깃배들만 외롭게 떠 있네

매헌공 일행 10명은 사포를 지나 줄포에 이르렀다. 오후인가 했더니 늦가을의 짧은 해는 벌써 저물려 한다. 어스름이 내려앉는 줄포 앞 곰소 바다에는 고깃배들만 듬성듬성 보인다. 전체적인 분위기를 지배하는 시어(詩語)는 '석양(夕陽)'과 '고범(孤帆)'인데, 이 시어들은 쓸쓸하고 외로운 정서를 촉발하는 매개물이다.

기구(起句)와 승구(承句)는 조금씩 저녁 어스름에 묻혀가는 매헌공 일행의 모습을 묘사한 대목이다. 지는 해를 받아 길게 드리운 일행의 그림자 옷자락이 바닷바람에 펄럭이는데, 열 사람의 모습이 모두 똑같은 것 같다. 전구(轉句)와 결구(結句)에서는 저물녘 줄포의 고즈넉한 정경이 '외로운 고깃배[孤帆]'와 '드넓은 바다[大海]'의 대비를 통해 한층 산뜻한 심상으로 다가온다. 칠언절구의 짧은 형식으로 저녁 무렵 줄포의 풍경을 형상화한 서경시(敍景詩)이며, 운자는 '풍(風), 동(同), 중(中)'이다.

줄포라는 이름은 갈대의 일종인 줄(일명 부들이라는 식물)이 많았기 때문에 붙여진 이름이라고 한다. 지금은 토사(土砂)가 흘러들어 항구의 기능을 상실하고, 새로 개발된 곰소항에 밀려났지만, 매헌공 일행이 유람했던 당시에만 해도 줄포항으로 불렸다. 일제강점기에는 전북 지역에서 군산항 다음으로 큰 항구로서 호남에서나 나는 각종 육산물과 해산물을 일본으로 실어 내가던 수탈의 장소이기도 했다. 화려했던 줄포항의 지난날은 개펄 한 귀퉁이에 수북이 쌓여 있는 조개무지처럼 역사의 뒤안길로 사라졌다. 토사를 한가득 안고 오고가는 무심한 조류(潮流)의 흐름이 줄포를 자취조차 희미한 포구로 바꾸어 놓았다. 이제 옛 줄포의 아름다움은 옛 기록을 통해 상상하는 데 그칠 수밖에 없다.

줄포는 인위적인 수단을 동원하지 않고도 불과 몇 십 년 만에 성쇠(盛衰)의 극단을 겪어야 했다. 이제 얼마쯤 뒤가 될까? 인력으로 이룬 새만금 방조제가 푸른 서해를 가로지르고 있는 지금이 과거의 빛바랜 추억으로 기억될 날이. 새만금전시관 2층 망원경으로 바라본 방조제 안쪽 바다에는 어부 몇몇이 닻을 내리고 그물을 손질하고 있었다. 아득한 거리를 두고 바라본 정경이라서일까? 어부의 삶의 표정은 읽히질 않고, 한적한

오후 바다의 평화로움만 갈매기와 짝을 이룬다. 매헌공이 줄포 앞바다를
바라보던 아득한 시선이, 망원경 안 흐릿한 풍경을 바라보는 나의 시선
과 닿아 있는 것 같다. 방조제 안쪽의 간척사업이 마무리되어 그 넓은
서해가 뭍으로 바뀌는 날이 오면, 매헌공의 시를 읊으며 줄포의 옛 모습
을 그려보는 지금처럼, 아마도 방조제 안쪽 바다의 일렁이는 파도와 따
스했던 볕뉘를 그리워하게 될 것이다.

다음은 송천(松川) 고예진(高禮鎭)이 매헌공의 〈오후과줄포(午后過茁
浦)〉에 화답한 시이다. 매헌공이 쓴 운자 '풍(風), 동(同), 중(中)'에 압운
하였다.

荻花楓葉動江風	억새꽃 단풍잎 강바람에 나부끼니
萬態千形畫不同	가지각색 자태 그림과 같지 않네
棹歌一曲回頭倦	뱃노래 한 곡조에 고개 돌려 바라보니
道路蒼茫落照中	어느새 길이 저녁노을에 묻혔네

시의 전반부는 줄포의 가을 풍경을 묘사한 대목이다. 은사(銀絲)를 가
닥가닥 붙여놓은 듯한 억새꽃과 빨갛고 노랗게 물든 단풍잎이 강바람에
유유히 나부낀다. 송천공은 조물주가 빚어놓은 삼라만상의 모습은 아름
다운 천연(天然)의 자태를 드러내고 있어서 인간이 억지로 꾸민 그림과는
그 정취를 비교할 수 없다고 하였다.

후반부에는 시인의 감회가 표출되어 있다. 늦가을 줄포의 낭만적인 분
위기와 운치에 넋을 빼앗겼던 송천공의 귓가에 어디에선가 뱃노래가 들
려왔다. 문득 돌아다보니 지나온 길에는 벌써 어스름이 짙게 깔려 있다.

시간이 얼마나 흘렀는지 구체적으로 드러나 있지는 않지만 '창망(蒼茫)'이라는 시어를 통해 추측해 볼 수는 있다. 여기서 '창망(蒼茫)'은 두 가지 의미를 함의하는 것으로 보인다. 하나는 '아득히 넓고 큰' 줄포 앞바다를 뜻하며, 다른 하나는 예상 외로 순식간에 흘러버린 시간 때문에 '경황이 없는' 심리상태를 표현한 말이다.

그런데 시인의 감회를 효과적으로 담아내는 데에는 후자의 해석이 더 적절할 것이다. 이때 '道路(도로)'와 '落照(낙조)'는 정감을 보다 강하게 표출하려는 시인의 의도가 반영된 소재이다. 표면적으로 '道路(도로)'는 송천공의 지나온 노정이며, '落照(낙조)'는 줄포의 풍경이자 시의 분위기를 형성하는 배경이다. 이면의 의미를 두고 봤을 때 '道路(도로)'는 인간의 유한성을 전제로 한 인생역정(人生歷程)을 표상하는 데 반해 '落照(낙조)'는 항구성(恒久性)을 지닌 자연의 불변하는 이치를 상징한다. 결국 자연의 영원성에 유한한 인간 생명의 추이(推移)를 대비시켜 무상감(無常感)과 애상감(哀傷感)을 고조하는 수사(修辭)를 구사하고 있는 것이다. 덧없이 흘러버린 인생에 대한 허탈감과 아쉬움이 결구에서 지향하는 의미이다. 따라서 송천공의 정감은 '蒼茫(창망)'에 함축되어 있다고 볼 수 있다.

'봉래산 기행시'의 제3수는 〈유천에서 묵다[宿柳川]〉이다. 시포를 출발해 줄포를 지난 첫날의 여정이 유천(柳川)에서 잠시 휴식을 갖는다. 원래 부안군(扶安郡)은 1416년(태종 16)에 부령현(扶寧縣)과 보안현(保安縣)이 합해져 군으로 승격되었기에 붙여진 이름이다. 유천은 부안군 보안면에 있다. 지금은 간척지에 물길이 막히고 좁아져 작은 하천에 불과하지만 매헌공 일행이 유람할 당시에는 크고 작은 지류가 여러 갈래로 길게 이어지면서 줄포 하구에서 바다로 흘러들었던 것 같다.

散則聚而合則分	흩어졌다가 모이고 합쳐졌다가 나뉘니
始知人事如浮雲	인생사가 뜬구름 같음을 이제야 알겠네
於今大小柳川會	지금 크고 작은 유천의 물줄기가 모였으니
他夜莫言君負君	다른 날 밤 그대 버렸다 말하지 마소

운자는 '分(분), 雲(운), 君(군)'이다. 공은 수많은 물줄기들이 한데 모여 흐르기도 하고 다시 여러 갈래로 갈라져 흐르기도 하는 유천의 모습을 형상화하고 있다. 매헌공에게 유천의 그러한 모습은 인간 삶의 다양한 굴곡으로 다가온다. 만남과 이별의 반복 속에서 인간은 삶의 진정성에 가까워진다. 인생사는 뜬구름과 같아서 영원한 가치도 없고 절대적인 가치도 없다.

대반열반경(大般涅槃經)에서 이르는 것처럼 "만남에는 이별이 정해져 있고, 떠나간 사람은 반드시 돌아오며, 생명이 있는 것은 반드시 죽기 마련이다[會者定離 去者必返 生者必滅]." 오늘밤 봉래산 여정의 동반(同伴)으로 함께 유천에 묵는 매헌공 일행도 여행이 끝나면 뿔뿔이 흩어져 저마다의 일상으로 돌아가게 된다. 오늘의 만남이 내일의 이별로 이어지는 것은 삶의 당연한 이치이다. 유한한 인간의 삶에서 고정불변이라는 말은 있을 수 없다. 그러므로 유천 어느 객점에서 유숙하며 지우(知友) 간에 도타운 정을 다지는 오늘밤이 당시의 기억을 더듬으며 감상에 젖는 어느 다른 날 밤이 되는 것이다.

〈숙유천(宿柳川)〉 시처럼 주위에서 접하는 자연 경물이나 일상의 소소한 풍경을 통해서 인간 삶의 철학적 사유(思惟)와 그 과정을 풀어내는 시를 '철리시(哲理詩)'라고 한다. 철리시는 생활 속에서 우러난 보편적 진리를 함축하고 있다. 시인은 때로 구체적인 형상화와 비유, 상징, 암시 등의 수법을 써서 독자에게 연상과 사색을 통한 철학적 이치를 찾도록 만들기도 한다. 자연계와 현실 속에 살아 숨 쉬는 일정한 법칙성을 제시하기도 하고, 인생의 참다운 방향을 제시하거나 삶이 함축하고 있는 의의를 표현하기도 한다.[3] 철리시에는 "말은 다했어도 뜻은 다하지 않았다[言有盡而意無窮]"라고 하는 '말 밖의 의미[言外之意]'를 구현하려는 시인의 의도가 내포되어 있다. 〈숙유천(宿柳川)〉의 경우 매천공이 유천 물줄기의 모습과 개인적 서정을 통해 드러낸 '회자정리 거자필반(會者定離 去者必返)'이라는 삶의 법칙이 언외지의(言外之意)라고 볼 수 있다.

이에 대한 회은(晦隱)안규선 (安圭璿)의 답시(答詩)에는 일제의 한반도 침략 야욕이 노골화되는 데 반해, 그러한 시류(時流)에 편승해 원칙과 명분을 헌신짝처럼 버리고 사리사욕을 채우기에 급급한 세태에 대한 탄식이 '매화(梅花)'라는 시어를 통해 토로되었다. 회은공은 '저물녘[暮]'을 시의 배경으로 삼았는데, 이는 기울어가는 국운(國運)을 상징한다. 회은공을 포함해 봉래산 여행에 나선 이들은 모두 초야(草野)에 은일(隱逸)하는 삶을 택한 사람들이었다. 그러나 죽음을 마다않는 항일(抗日) 투쟁은 비록 아닐지언정 '나라를 걱정하고 세태를 염려하는[憂國慨世]' 마음만큼은 한시도 잊은 적이 없었다. 이 마음은 회은공 시의 전구(轉句)와 결구(結句)에 잘 나타나 있다.

共宿梅花何處屋　　함께 자던 매화는 어느 곳에 있을까
曉窓夢覺忽疑君　　새벽 창 꿈에서 깨어 문득 그대였나 생각했네

---

3 임종욱, 『동양문학비평용어사전』, 범우사, 1997, 869~871면.

‘매화(梅花)’는 예로부터 고결한 선비의 인품을 상징하는 꽃으로 사랑을 받아 왔다. 하얀 눈 속에 꽃을 피우기 때문에 강인한 절개를 뜻하기도 했고, 설한풍(雪寒風)을 이기고 제일 먼저 꽃을 피우는 생명력의 소산이기 때문에 희망과 소망을 의미하기도 했다. 즉, 여기서 매화는 우국충절(憂國忠節)을 지닌 의사(義士)나 초야에 묻혀 사는 은사(隱士)를 가리킨다. 회헌공이 꿈에서조차 갈망하는 사람, 매화로 상징되는 그 존재가 아마도 수십 년 뒤 이육사가 노래한 ‘백마 타고 오는 초인’이 아닐까?

지금 눈 나리고
매화향기(梅花香氣) 홀로 아득하니
내 여기 가난한 노래의 씨를 뿌려라

다시 천고(千古)의 뒤에
백마(白馬) 타고 오는 초인(超人)이 있어
이 광야(曠野)에서 목놓아 부르게 하리라

—〈광야〉[4] 중에서

사실상 회헌공이 시를 썼던 계절이 가을인데다 시간이 저녁나절이었으므로, ‘梅花(매화)’나 ‘曉窓(효창)’은 적절한 소재는 아니라고 볼 수 있다. 전체적인 분위기에서 매헌공의 원운(原韻)과 어울린다고 보기도 어렵다. 이것이 바로 차운시가 갖는 시상 전개의 문제점 중의 하나이다. 앞 사람

---

4 이육사, 〈광야(廣野)〉, 『이육사전집』, 미래사, 1991.

이 지은 시에 압운(押韻)해야 하기 때문에 현실적으로 매우 유사한 시상이 전개될 수 없으며, 원운과 차별화된 시가 되기 위해 다소 억지스러운 표현이나 비약적인 시상 전개로 치닫게 되는 것이다.

3. 변산의 절경과 객정(客情)의 형상화

매헌공 일행은 유천 객점에 묵으면서 주인에게 여행목적지 변산에 대한 이런저런 이야기들을 전해 듣는다. 그리고 다음날인 25일, 본격적인 변산 유람이 시작되었다.

共君直抵蓬萊境	그대들과 함께 곧장 봉래산 절경에 이르니
山勢太高水太淸	산은 높이 솟아 있고 물은 매우 맑았어라
聳石千年華表屹	우뚝한 바위는 천년의 화표석처럼 솟았고
瀾波一勺洞湖明	일렁이는 파도는 동정호처럼 맑네
至今行樂疑仙路	지금 즐거운 이 여정이 신선의 길이 아닐까
從此詩雄見客情	이로써 시로 거루어 나그네 정회를 토로하니
之問爾僧胡不寐	묻노니, 스님은 왜 잠을 이루지 못하는지요?
來蘇寺外月光橫	내소사 밖에 달빛이 비껴서라네

칠언율(七言律)로 쓴 '봉래산 기행시' 제4수 〈내소사에서 묵다[宿來蘇寺]〉이다. 내소사에서 유숙하면서 내소사의 주변 경관과 감흥을 노래하였다. 보안면 유천에서 내소사에 가려면 승용차로 30번 국도를 타고 10분 남

짓 걸린다. 매헌공 일행은 도로 여건도 좋지 않았던 당시 도보여행을 하였을 것이니, 대여섯 시간은 족히 걸어야 했을 것이다. 또 시일을 다투는 여정도 아니었던 만큼 주위의 풍광들을 느긋하게 감상하면서 갔을 것이니, 시간은 더욱 소요되었을 것이다. 매헌공 일행이 내소사에 이르렀을 때에는 늦가을의 짧은 해가 벌써 서산마루로 넘어가 어스름이 내려앉은 때였다. 일행은 내소사에 행장을 풀고 하룻밤을 유숙한다. 노독(路毒)에 지칠 법도 하지만 미진(未盡)한 흥을 다하고자 다시 지필묵을 꺼내 놓고 마주앉아 시를 짓는다.

〈숙내소사(宿來蘇寺)〉는 전반부와 후반부로 나뉜다. 전반부는 유천에서 바닷가를 에둘러 내소사에 이르기까지의 풍경을 요약적으로 묘사하였으며, 후반부는 내소사에서 밤을 보내는 정취(情趣)를 읊었다. 전체적으로 선경후정의 구조를 띠고 있다.

지금은 보안면 유천과 진서면 내소사 사이의 중간 지점에 곰소항이 있다. 줄포항에 토사 퇴적이 심해져 큰 배가 드나들기 어려워지자 일제는 1942년 그 일대의 섬들을 잇는 제방을 쌓아 육지로 만들고 항만을 축조하였다. 그렇게 생겨난 곰소항은 일제가 물자를 반출해가는 전진기지 구실을 했다. 곰소의 원래 명칭은 곰이 사는 곳이라는 뜻의 '웅연도(熊淵島)'인데, 일제강점기의 아픈 역사를 지우고자 우리말 이름인 '곰소'로 바꾸었다고 한다. 변산팔경(邊山八景) 중 제1경이 '웅연조대(熊淵釣臺)'이다. 웅연조대란 야등(夜燈)을 밝힌 고깃배들이 곰소 앞 바다를 지날 때 휘황한 야등 불빛이 물에 어리는 장관과 강촌의 어부들이 뱃노래 소리가 어우러진 광경을 말한다.

유촌도요지 인근에 세워지고 있는 도요기념관

국내 최고 품질의 천일염을 생산하는 곰소 염전

맛깔스러운 젓갈들. 해마다 김장철이 되면 곰소젓갈시장은 북새통을 이룬다.

당시 일제는 곰소 제방 안쪽에 염전을 조성했는데, 거기에서는 국내 최고 품질의 소금이 생산된다. 심마니들이 '소금'을 일컫는 은어가 '곰소'인 것도 여기에서 유래한 것이 아닐까 싶다. 지금은 값싼 수입 소금에 밀려 상량 부분이 양어장 등으로 개조되었지만 곰소염전에서는 여전히 최고 수준의 질 좋은 천일염이 생산되고 있다. 곰소 젓갈이 전국적인 명성을 얻게 된 것도 바로 이 곰소염전에서 생산된 양질의 천일염으로 절이기 때문이라고 한다. 이처럼 변산의 명소로 자리잡은 곰소항이 수십 년 전 매헌공 일행이 변산을 유람할 당시에는 존재조차 없었다니 세월의 무상함에 다시 한번 놀라지 않을 수 없다.

내소사 입구에서 바라본 변산은 우뚝 솟은 바위 봉우리들이 병풍처럼 둘러쳐 웅장한 산세를 자랑한다. 멀리 내려다보이는 바닷물 빛은 투명하리만치 맑게 빛난다. 중국 동정호가 이렇게 맑고 아름다울까? 매헌공은 '동정호수에 비치는 가을 달[洞庭秋月]'을 떠올렸다. 매헌공 일행이야 모처럼의 유람에 들뜬 마음을 창화하느라 밤 가는 줄 모른다지만 스님은 무슨 일로 깊은 밤까지 잠을 못 이룬단 말인가? 아하, 달빛 때문이었구나! 가을 달이 비치는 동정호에서 뱃놀이를 즐겼던 시선(詩仙) 이태백(李太白)처럼, 무념무상(無念無想)을 수행하는 저 내소사 스님도 가을 달빛이 너무 고와서 차마 잠들지 못하는 것이구나! 한참동안 이유를 생각했을 매헌공이 무릎을 탁 치며 내지르는 탄성 소리가 귀에 들리는 것만 같다. 수남(秀南) 고석진(高石鎭) 벗도 거들고 나선다.

遊客自然忘世累　　나그네 세상 근심 잊는 것 자연스럽고
居僧無怪沒倫情　　스님 세상 정에 끌리는 것 이상할 것 없네

곰소항의 오후 풍경. 만선의 꿈을 실은 어선들이 잠시 휴식을 취하고 있다.

수남공은 내소사를 은은하게 비추는 가을 달빛에 비루한 세상살이 시름이 맑게 씻기는 느낌이라고 표현하였다. 오히려 모든 집착을 버리고 무념무상을 수행해온 스님은 정감에 이끌려 잠조차 이루지 못한다. 나그네와 스님의 현실적 처지와 미묘한 심리를 반영해 절묘한 대구(對句)를 완성했다.

'봉래산 기행시' 제5수는 〈내소사를 읊은 정공의 시에 차운하여 채석강을 읊다[次來蘇寺鄭公韻題彩石江干]〉이다. 정공은 고려 인종 때 묘청의 난에 연루되어 죽은 정지상(鄭知常)을 가리킨다. 정지상은 일찍이 내소사를 소재로 다음 시를 지었다.

古徑寂寞縈松根	적막한 옛길에는 솔뿌리가 얼기설기
天近斗牛聊可捫	하늘은 두우성이 만져질 듯 가깝네
浮雲流水客到寺	뜬구름 흐르는 물처럼 절간에 이른 나그네
紅葉蒼苔僧閉門	단풍잎 푸른 이끼에 문을 닫는 스님
秋風微涼吹落日	가을바람 산들산들 지는 해에 불고
山月漸白啼淸猿	산 위에 달 밝아오니 잔나비 울음 들리네
奇哉厖眉一老衲	기특하구나, 저 눈썹 긴 노스님은
長年不夢人閒喧	평생 인간의 시끄러움 꿈조차 안 꾸었겠지[5]

전체적으로 내소사 가을 풍경의 맑고 깨끗한 분위기가 잘 나타나 있다. '청고(淸高)'라는 평어(評語)를 붙일 수 있겠다. 운자는 '捫(문), 門(문), 遠(원), 喧(훤)'이다. 변산 내소사 일주문에는 고(故) 일중(一中) 김충현(金忠顯) 서가(書家)가 쓴 '능가산(楞伽山) 내소사(來蘇寺)'라는 현판이 걸려 있다. 내소사 뒤에 있는 관음봉(觀音峰, 433m)을 능가산(楞伽山)라고도 부르는 까닭에 보통 '능가산 내소사'라 한다.

능가산 내소사 일주문. 내소는 여기 들어오는 이의 모든 일이 다 소생되게 해 달라는 의미이다.

---

5 서거정(徐居正), 『동문선(東文選)』 제12권, 〈제변산소래사(題邊山蘇來寺)〉.

내소사를 에두른 능가산 전경. 높지는 않지만 바위로 이루어진 산세가 자못 남성적이다.

내소사는 633년(백제 무왕 34)에 승려 혜구(慧丘)가 창건한 사찰로, 원래 이름은 소래사(蘇來寺)이다. 언제부터 내소사가 되었는지는 확실치 않다. 일주문부터 천왕문에 걸친 600m 정도의 전나무숲길이 특히 유명하다. 또한 석양이 바다를 붉게 물들일 무렵 내소사에서 은은히 울려 퍼지는 타종(打鐘) 소리는 듣는이로 하여금 잠시나마 세속의 번뇌를 잊게 해 준다. 이것이 바로 변산팔경 중 제3경 '소사모종(蘇寺暮鐘)'이다.

매헌공 일행은 내소사에 묵은 다음날 격포(格浦)로 이동하였다. 출발한 지 사흘째인 9월 27일이었다. 다음은 '봉래산 기행시' 제6수 〈격포를 지나다[過格浦]〉이다.

내소사 전경

내소사 전나무 숲길. 일주문에서 천왕문에 이르는 전나무 숲길은 맑은 향내가 속세의 묵은 때를 씻어내는 공간이다.

내소사 범종 은은한 종소리에 중생 구제의 원력이 서려 있다.

鷄峰落葉轉秋光	닭이봉의 낙엽에 가을빛이 다해가니
官道行人倍覺凉	거리의 행인들 한결 서늘함 느끼네
港海今無防禦主	이제 항구와 바다에 수비군도 없어
醉看萬里水雲長	저 멀리 수평선을 취해 바라보네

이제 여정은 내변산 내소사에서 외변산 격포에 이르렀다. 격포는 바닷
가인지라 해풍을 타고 추위가 조금 더 빨리 찾아오는 모양이다. 내소사
뒷산을 붉게 물들였던 단풍도 다 지고, 바닥에 나뒹구는 낙엽조차 생기
를 잃고 말라간다. 헐벗은 산등성이를 바라보는 행인들은 속으로 파고드

방파제에서 바라본 격포항 전경

는 차가운 가을바람에 옷깃을 여긴다. 수영(水營)이 격포에 있었을 당시의 번성함은 찾아볼 수 없으니, 상념에 젖어 아득한 수평선만 바라볼 뿐이다. 역사와 옛일을 회상한 회고시(懷古詩)라고 할 수 있으며, 고적감(孤寂感)이 지배적이다.

격포항은 변산반도 서쪽 끝에 위치해 있다. 격포항 오른쪽에 있는 봉우리 이름이 닭이봉인데, 그 일대 1.5km의 해식절벽과 바닷가를 총칭해 채석강(彩石江)이라고 한다.

고즈넉한 항구의 풍경. 옛 영화와 흥청거림은 잔잔한 물결 아래에 잠겼다.

격포해수욕장에서 물놀이를 즐기는 사람들. 격포해수욕장은 변산해수욕장과 더불어 변산반도의 대표적인 해변 휴양지이다.

오랜 세월 바닷물에 침식되어 퇴적한 절벽이 마치 수만 권의 책을 쌓아놓은 모습을 하고 있다. 채석강은 중국의 시인 이태백이 강물에 비친 달이 너무 아름다워 손으로 잡으려다 빠져 죽었다는 이야기가 전해오는 중국의 채석강과 흡사하여 지어진 이름이다. 변산팔경 중 제5경인 '채석범주(彩石帆舟)'는 채석강의 낭만적인 전설과 아름다운 경관에서 유래하였다. '봉래산 기행시' 제7수는 매헌공이 일행과 더불어 이 채석강의 절경을 즐기는 모습을 담고 있다.

商客漁翁歌互答　　장사꾼과 어부의 노랫소리 서로 답하고
泛鷗征雁影相侵　　갈매와 기러기 나는 그림자 서로 어지럽네
酒仙過後餘書案　　이태백이 떠나간 후 책만 남아
空使詩人續此즘　　부질없이 시인으로 하여금 노래를 잇게 하네

채석강 해식동굴

만 권의 책을 겹겹이 쌓은 듯한 모습이 유구한 세월의 흔적을 보여준다.

　"산천은 의구한데 인걸은 간 데 없다"라고 했던가? 채석강에서 풍류를 즐기던 시선(詩仙) 이태백은 없지만 차곡차곡 서책을 쌓은 듯한 기암절벽은 여전히 남아 있다. 유구한 역사 속에서도 여전히 빼어난 절경을 자랑하는 채석강을 앞에 두고 매헌공은 찬가(讚歌)를 부른다. 그러나 '부질없다[空]'는 시어가 내포하고 있듯이 매헌공 역시 머지않아 역사의 뒤안길로 잊혀지는 유한한 인간에 불과하다. 이처럼 '시중천자(詩中天子)' 이태백을 추억하며 인간의 한계에 상심하는 가운데서도 여정은 계속 이어진다.

기암절벽으로 둘러싸여 천혜의 절경을 자랑하는 적벽강. 중국의 시인 소동파가 놀았던 중국 황주의 적벽강에 비유된다.

다음 유람 장소는 적벽강(赤壁江)이다. 채석강의 북쪽 끝인 죽막(竹幕) 마을을 너머부터가 적벽강인데, 중국 시인 소동파(蘇東坡)가 놀았던 중국의 적벽강처럼 천혜의 장관을 이루고 있어 붙여진 이름이라고 한다. 갖가지 형상을 한 기이한 바위들, 깎아지른 듯한 해안절벽, 오랜 세월 파도의 자취로 만들어진 해식동굴 등이 한데 어울려 조물주의 빼어난 솜씨에 경탄케 한다.

적벽강 아래에는 몽돌해변이 펼쳐져 있어서 형형색색의 조약돌들을 볼 수 있다.

적벽강 아래의 해식동굴. 기괴한 모양이 마치 지모신의 자궁 같다.

遡看往古跡　　옛날의 흔적들을 거슬러 올라가
赤岸好搜奇　　기이한 붉은 절벽 찾아냈네
果是樂乎否　　과연 좋은 일일까, 아닐까
固非賦所爲　　진실로 사람 손으로 만든 것 아니라지
犛毛飄荻葉　　소꼬리털붓은 억새 잎처럼 흩날리고
簫韻撓篁枝　　퉁소 소리는 댓가지처럼 휘었네
文武兼全地　　문무를 두루 갖춘 곳에
勁風竟日吹　　거센 바람 종일 불어대네

'봉래산 기행시' 제8수 〈적벽강에 이어서 짓다[赤壁江續題]〉이다. 적벽강은 그 이름처럼 붉은 빛이 감도는 해안절벽인데, 특히 석양을 받으면 타오르는 것처럼 아름답다. 지금은 길이 닦이고 밭으로 개간되어 넓게 펼쳐 있지는 않지만 여전히 적벽강 절벽 위에는 억새 군락과 대숲이 있다.

대숲 사이에 작은 제당(祭堂)이 한 채 있는데, 여기가 서해를 다스리는 개양할미와 딸 여덟 자매를 모신 수성당(水聖堂)이다.

적벽강 일대에는 예부터 세찬 바닷바람에 사나운 풍랑이 자주 일어나 어민들의 피해가 컸다. 개양할미는 서해를 걸어다니며 깊은 곳은 메우고 위험한 곳은 표시하여 어민들을 보호하며, 수심을 재고 풍랑을 다스려 고기가 잘 잡히게 하는 해신(海神)이다. 설화에 의하면 개양할미는 키가 워낙 커서 서해를 걸어다녀도 버선목까지밖에 물이 차지 않는다고 한다. 매년 음력 정월에는 죽막 마을을 중심으로 어민들의 무사태평과 풍어(豊漁)를 기원하는 수성당제(水聖堂祭)를 지낸다.

수성당. 서해를 다스리는 개양할미와 여덟 명의 딸을 모셔 놓은 제당이다.

수성당 옆의 어선 조형물. 풍어의 염원이 담겨 있다.

수성당 옆에 쌓은 돌무지. 바다에 인생을 걸어야 했던 어민들의 애환이 서려 있다.

그러나 매헌공과 그 일행은 한낱 민간의 속신(俗信)에 불과하다고 여겼던 탓일까? 수성당이나 개양할미에 대해서는 시에서 전혀 언급하지 않았다.

적벽강을 끝으로 외변산 유람은 끝이 난다. 매헌공 일행은 다시 내변산으로 발길을 돌려 변산의 명소(名所)들을 찾아 산행을 하였다. 낙조대(落照臺), 월명암(月明菴), 직소폭포(直沼瀑沛), 실상사(實相寺) 등을 유람하고, 서로 더불어 시를 창화하였다. '봉래산 기행시' 제9수부터 제13수까지는 내변산 산행기라고 이를만하다.

매헌공 일행이 먼저 찾은 곳은 낙조대이다. 적벽강의 절경을 구경한 뒤 서해의 낙조를 보기 위해 서둘러 낙조대에 올랐다.

放杖高登百尺臺	지팡이 버려두고 백 척 누대에 오르니
群山次第夕暉開	군산 쪽으로 저녁놀이 비치네
浮雲若掃餘尤照	뜬구름 쓸어버리면 낙조가 더 고왔을 텐데
休說月光海上來	쉬며 얘기하는 새 달빛이 바다를 비추네

낙조대는 월명암 바로 뒤 오솔길을 따라 20분쯤 오르면 서해가 한눈에 내려다보이는 산등성이 좌측에 솟아 있는 커다란 바위를 가리킨다. 낙조대에서 바라보는 서해안의 일몰 풍경은 동해안 낙산대의 일출과 함께 양대(兩大) 절경을 이룬다.

그 멋진 풍경을 보려고 지팡이도 던져두고 허위허위 낙조대에 올랐더니, 저녁노을이 군산 방향으로 넘어간다. 저 구름만 아니면 일망무제(一望無際) 낙조가 훨씬 더 아름다웠으련만… 낙조를 보여 서로 이야기를 나

서해 낙조. 낙조를 보는 순간만큼은 우리 모두가 구도자의 심경이 된다.

누는 사이 달이 떠올랐다. 이번엔 달빛이 바다에 금사은사(金砂銀砂)를 뿌려 놓겠구나.

낙조대에 오른 일행의 수는 열한 명이다. 처음 열여덟 명이 함께 출발했다가 일곱 명이 이런저런 사정으로 중도하차한 것이다. 서해가 한눈에 들어오는 낙조대에서 조망하는 황혼의 진경, '서해낙조(西海落照)'는 가히 환상적이어서 변산팔경 중 제8경에 속한다.

서해낙조를 구경한 다음 매헌공 일행이 향한 곳은 월명암이다. 월명암은 쌍선봉(雙仙峰) 중턱에 위치하는 작은 절로, 692년(신라 신문왕 12년)에 부설거사(浮雪居士)가 창건했다고 전해진다. 매헌공 일행은 월명암에서 하

내변산에 위치한 월명암

룻밤을 유숙하는데, 날짜는 9월 29일이다. 이날 밤에도 일행은 서로 시를 지어 창화한다. '월명무애(月明霧靄)'는 운애(雲靄)가 자욱하게 낀 새벽 바다의 신비로움을 일컫는 말로, 변산팔경 제4경이다.

다음날 매헌공 일행은 직소폭포를 향해서 걸음을 재촉한다. 다음은 '봉래산 기행시' 제12수 〈직소폭포〉이다.

急瀑難分波巨微　　빠른 물줄기는 크고 작음을 나눌 수 없는데
鼓雷直走甲鱗飛　　북소리 울리며 갑옷 입고 나는 듯 달리는 것 같네
將軍大坐層岩角　　장군이 첩첩 바위 꼭대기에 앉아
萬斛兵流任灑揮　　10만 병사를 마음대로 부리는 듯

직소폭포는 내소사 북서쪽에 있는 선인봉(仙人峰) 동쪽 산자락에 형성된 계류폭포(溪流瀑布, 높이 20m 이상)이다. 변산팔경 제2경으로 불릴 만큼 비류(飛流)하는 폭포 줄기와 계류(溪流)가 선경(仙境)의 분위기를 자아낸다. 그래서 옛적부터 '직소폭포와 중계계곡의 선경을 보지 않고서는 변산을 말할 수 없다.'라고 하였다.

매헌공은 쏟아져 내리는 직소폭포이 비류(飛流)를 대장군이 병사를 부리는 모습에 비유하였다. 일제의 국권 침탈에 대한 뜻 있는 선비로서 갖는 바람이었을까? 조선 선조 때 왜구의 침입에 대비해 십만양병설(十萬養兵說)을 주장했던 율곡처럼 매헌공도 환난에 처한 나라를 위해 기개를 드날릴 영웅의 도래를 꿈꾸었던 모양이다.

직소폭포에서 선인봉(仙人峰) 방향으로 올라가면 실상사지(實相寺址)가 나온다. 사적기(史蹟記)에 의하면 실상사는 689년(신라 신문왕 9)에 초의선

외줄기로 쏟아져 내리는 직소폭포의 물줄기

직소폭포 아래 위치한 용소. 봄 가뭄에 물이 줄었음에도 짙푸른 물빛에 섬뜩해진다.

사(草衣禪師)에 의해 창건되었다고 전하나 확실하지는 않다. 조선조에 들어와서 효령대군이 낡은 사찰을 중창(重創)하였으나 6·25전란으로 전부 소실되어 지금은 폐찰(廢刹)되었다고 한다. 매헌공 일행은 저녁 무렵 실상사에 이르렀다. 하늘은 금방이라도 비가 내릴 듯 어두컴컴한데, 이제는 퇴락하여 거친 풀만 무성한 실상사의 모습에 무상감을 노래하였다.

實相素以擅名寺	원래 실상사는 이름난 사찰이었거늘
龕裂塔荒幾劫過	지금 법당은 무너지고 탑은 황폐해졌네
諸佛無言因顧笑	석불은 돌아보며 말없이 웃는데
六朝如夢感懷多	육조는 꿈결 같으니 감회가 무궁하구나
如彼景光花鳥語	저 모습 꽃과 새가 말하는 것 같으니
爲誰文字綺羅誇	누가 글을 지어 아름다움을 드러낼까
供養遺風猶不沫	공양의 유풍은 아직도 없어지지 않았으나
觀音之說惑於歌	부처님 말씀은 노래에 묻혔네

〈실상사를 지나다[過實相寺]〉는 '봉래산 기행시' 제13수이면서, 내변산 유람의 마지막 작품이다. 매헌공 일행이 실상사를 찾았던 때에도 이미 퇴락하여 사찰의 풍모를 갖추지 못했음을 알 수 있다. 실상사를 둘러싼 산수는 여전히 수려하다. 석불들도 예나 지금이나 다름없이 온화한 미소로 나그네를 맞는데, 옛 조사(祖師)들의 자취는 아득하여 꿈결과 같다. 깨달음은 원래 실상(實相)이 없다고 했으니, 실상사라는 이름은 그 해탈의 이치에 대한 역설적 표현이라 할 수 있지 않을까?

4. 변산 유람, 막을 내리다

매헌공 일행의 여정도 이제 막바지에 이르렀다.

露積峰前秋氣濃	노적봉 앞에 가을 정취 깊어가는데
數間茅屋膝堪容	몇 칸짜리 초가집은 무릎 펴기도 어렵구나
主人早歲多風力	주인이 나이는 젊어도 풍류를 알아서
茶果欣然遠客供	기꺼이 다과를 내어 먼 길 나그네를 대접하네

운재(雲齋) 최영조(崔永祚)가 매헌공의 〈노촌에서 묵다[宿露村]〉에 차운한 시이다. 실상사를 둘러 본 매헌공 일행은 산자락에 위치한 작은 마을 노촌(露村)에서 하룻밤을 유숙하였다. 작은 방에 둘러앉으니 무릎을 펼 공간도 남지 않는다. 그래도 풍류를 아는 젊은 주인이 있어서 차와 과일을

면암 최익현 선생의 영정과 묘. 일제가 지급하는 음식물을 거부하고 단식 끝에 순절하였다.

내어 매헌공 일행을 대접한다. 이것이 여행의 숨은 묘미겠구나! 오랜 여정에 지치고 힘든 심신에 활력을 얻는다.

운재공은 구한말의 애국지사인 면암(勉菴) 최익현(崔益鉉, 1833~1906) 선생의 맏아들이다. 면암 선생은 일제의 국권 침탈이라는 역사적 위기상황 속에서 위정척사(衛正斥邪)와 항일투쟁(抗日鬪爭)에 앞장섰던 인물이다. 일제의 만행에 의해 을미사변이 일어나고 단발령의 단행되자, 74세의 고령으로 의병을 일으켰으나 뜻을 이루지 못하고 대마도 옥사에서 순국하였다. 운재공은 부친의 의기(意氣)를 이어받아 초야에 묻혀 성리(性理)를 탐구하며 생애를 보냈다. 운재공과 매헌공의 우의(友誼)는 매헌공이 면암 선생 문하에서 수학하면서 시작되어, 삶을 마치기 전까지 학문과 시로 교유(交遊)하였다. 이들은 변산 유람에서도 처음부터 끝까지 여정을 함께 하였다.

매헌공 일행이 변산 유람에 나선 날이 9월 25일이었는데, 명승과 절경에 정신없이 주유하다 보니 어느덧 달이 바뀌어 10월이 되었다.

入山多聽紛紜鳥	산에 올라 요란한 새소리 들었고
到海頻看潑活魚	바다에 이르러 팔딱거리는 물고기 자주 보았네
向宵分宿今宵合	밤에 따로 자고 오늘 아침에 다시 모여서야
忽覺小春月已初	벌써 10월 첫날이란 걸 깨달았네

'봉래산 기행시' 제15수 〈유천정사를 읊다[題柳川精舍]〉의 후반부이다. 변산 유람에 대한 간략한 총평을 보는 것 같다. 갖가지 새들의 지저귐으로 내변산 일대의 비경(秘境)과 은일(隱逸)한 삶을 우회적으로 표현하였고,

팔딱거리는 물고기들로 외변산 앞 만경창파(萬頃蒼波)와 일대 어촌 사람들의 활기찬 삶을 표현하였다. 아침에 모여 날짜를 헤아려 보니 벌써 소춘(小春)이라는 10월이다. 이제 유람을 마무리해야겠다. 나를 알아주는 벗들과 이별하고 사랑하는 가족이 있는 고향집으로 돌아가야지.

옛 선비들에게 유람은 단순한 눈요기 즐거움이 아니었다. 수려한 자연 풍광을 배경으로 호연지기(浩然之氣)를 기르고, 순리(順理)를 거스르지 않는 자연의 섭리 속에서 자신의 삶을 성찰하고 반추하는 하나의 마음공부였다. 지금도 경치 좋은 산수간에는 선방이며, 기도원이며, 수련원 같은 시설이 자리해 있다. 풍광은 옛날과 다름이 없는데, 그 안에 살아가는 사람들의 마음은 얼마나 달라졌는가? 우세스러움을 사지 않으려면 옛사람들이 자연과 조화를 이루며 자연을 즐기던 자세를 배워야 한다. 그것이 진정한 에코투어리즘(eco-tourism)이며, 새만금 개발의 지향이어야 할 것이다.

Chapter ❻ 군산의 토포스[1]
— 소설 『탁류』를 통해 본 군산

1. 『탁류』 속의 군산

1937년 10월 13일부터 1938년 6월 17일까지 『조선일보』에 연재된 소설, 『탁류』는 1930년대 군산의 지리와 지명 등을 세세히 조망하고 있다. 『탁류』에 서술된 군산의 모습은 사실적인 것으로서 군산에 대한 작가의 역사적·지리적 지식이 풍부하면서도 실제적임을 보여준다. 작가 채만식이 1930년대 군산의 공간적 특성을 구체적으로 파악할 수 있었던 것은 그가 군산시 임피면에서 출생하고 성장했다는 것과도 밀접하게 연관되어 있다. 작가는 『탁류』의 공간적 배경이 된 군산에 그 등장인물들이 사는 동네 위치를 정확하게 대응시키고 있으며 이 점은 금강유역권의 항구도시 군산을 중심으로 일어나는 소설의 전반에 걸쳐 적용되고 있다.

---

1 토포스(topos)는 원래 논거를 발견하기 위한 장소를 뜻하는 개념이었다. 이것은 단순한 장소 개념이 아니라 말과 관계된 밑자리, 즉 어떤 이야기를 만들어 가는 데 쓰이는 말들의 터전이다. 어떤 논의를 할 때 그 논의에 필요한 논거들의 장소를 잘 알고 있다면 그 논의를 더 완벽하게 만드는 데 많은 도움을 받을 수 있는데 그런 논거들의 창고가 바로 토포스이다.

군산 앞바다의 전경. 멀리 장항, 서천이 보인다.

더불어 『탁류』에는 항구, 도로, 철도, 학교, 관공서, 경찰서, 은행, 유곽, 도립의원, 화장터 등의 공간들이 정주사 가족 및 주변인물들의 일상을 통해 서술되어 있다. 그 공간들의 위치나 형태가 실제적이어서 등장인물들이 살던 곳과 그 행동반경을 현재의 군산에서 지리적으로 어렵지 않게 재구성할 수 있다. 정주사가 매일 다니는 미곡취인소는 물론 초봉이가 점원으로 일하는 약국 '제중당'과 남승재가 의사 조수로 근무하는 '금호의원'까지 거의가 소설에 묘사된 대로 상호명과 위치가 실재했던 건물들이다.[2] 건물들이 소재한 행정구역명이나 위치가 지금의 그것과 크게 다를 바 없고 정주사네가 사는 '둔뱀이'를 거점으로 정주사 및 등장인

한민족이 살던 둔뱀이와 개복동의 오늘. 30년대의 토막을 짐작할 만하다.

물들의 동선이 구체적이고 생생하게 묘사되어 있다.

유리 로트만은 그의 저서에서 문학은 "공간 범주에 기대어 자신만의 언어로 말할 뿐 아니라 자신만의 세계를 창조한다."고 한다. 그는 텍스트를 '플롯이 없는 텍스트'와 '플롯을 지닌 텍스트' 두 가지 그룹으로 나누고 플롯이 없는 텍스트를 '1차적이고 근본적인 것'으로 간주한다. 플롯이 없는 체계는 1차적이며, 독립된 텍스트 속에서 구현될 수 있고 플롯을 지닌 텍스트는 2차적이며, 1차 텍스트의 구조 위에 첨가되어 층을 형

---

2 변화영,「소설과 민족지의 경계넘기 : 탁류의 경우」,『한국문화인류학』37-1, 한국문화인류학회, 2004. "『탁류』는 일제 강점기 군산 민중의 생활상보고서로 간주될 정도"라고 기술하고 있다.

성한다. 여기서 1차적이고 근본적인 체계란 세계상의 구축을 위한 조직적 기반의 역할을 담당하는 '공간적 모델'이라 규정할 수 있다.[3]

이렇게 공간은 소설의 부분적 배경으로서의 역할에 그치는 것이 아니라 공간 자체가 플롯을 생성하는 텍스트성을 지닌다. 그리고 그 '공간'이란 텍스트에는 '건축물, 거리, 가로등, 쇼핑몰, 가게, 간판, 아파트, 공원 그리고 무리를 지어 유동하는 군중 등 여러 표현체(representation)들이 그물망처럼 얽혀 있'는 것이다.[4]

『탁류』에서 군산이라는 공간은 작품의 1차 생성요인으로 이 소설의 절대적 구동력이 되어 전체 플롯을 제어하고 있다. 그러므로 군산은 소설의 주제의식과 만나 그 속에 담긴 그 지역의 역사적, 사상적, 문화적 조망을 가능케 하고 거기에서 생성된 스토리 역시 그 지명과 더불어 소설의 맥락에서 다양한 의미를 생성하고 있는 것이다. 이러한 전제하에『탁류』를 자세히 살펴보면 군산의 거리를 선회하면서 이루어지는 외시경적인 텍스트와, 그것과 내밀한 관련성을 갖는 '숨겨진 차원'이 포함되어 있다. 이 차원은 물리적인 공간성이 아니라 그 자체로 결코 공간적이지 않은 추상적 개념들이 지니는 공간적 함의이다. 즉 '인간이 주변의 삶을 의미화하기 위해 사용하는 가장 보편적인 사회적, 종교적, 정치적, 도덕적 세계모델들'로서 필연적으로 공간적 자질을 지니는 것들이다.

---

3 김수환, 「유리로트만 기호학에 있어서 '공간'의 문제」, 『기호학연구』, 한국기호학회, 2002, 224~229면에서 유리 로트만, '예술텍스트의 구조'(1970) 재인용.

4 안종욱, 「영화를 통한 인천의 장소정체성 분석」, 『한국지역지리학회지』 제11권 제6호, 2005, 502면. 우리가 살고 있는 도시는 건축물, 거리, 가로등, 쇼핑몰, 가게, 간판, 아파트, 공원 그리고 무리를 지어 유동하는 군중 등 여러 표현체(representation)들이 그물망처럼 얽혀 있는 공간이며 이들 표현체 속에는 나름대로의 '의미'가 형성되어 있으므로 텍스트라고 볼 수 있다.

『탁류』의 정주사 집이 있었던 콩나물고개 부근에 세워진 소설비

　소설 자체를 '비유적인 지도그리기(figurative mapping)'로 규정할 때『탁류』에는 직접적으로 스토리를 생성하는 군산이라는 실제적인 장소와 그 군산이라는 도시의 생산요인인 또 다른 내면적인 지도가 동심원을 그리고 있다. 본고는『탁류』의 토포스에서 외시경적인 지도와 이 외시경의 동인이랄 수 있는 정치적 공간으로서의 내시경적 지도를 살피고자 한다. 또한 작가와 도시의 친연성도 볼 것이다. 이것은 문화콘텐츠로서의 소설 반경을 확대하고, 다양한 소스를 구현하는 데 필요한 작업이라 생각하기 때문이다.

2. 외시경적 지도 : 1930년대 군산 지리지

『탁류』이야기는 '금강'이라는 군산 앞바다의 원류에서 시작된다.

금강(錦江)······.

이 강은 지도를 펴놓고 앉아 가만히 들여다보면, 물줄기가 중동께서 남북으로 납작하니 째져 가지고는—한강(漢江)이나 영산강(榮山江)도 그렇기는 하지만—그것이 아주 재미있게 벌어져 있음을 알 수 있다. 한번 비행기라도 타고 강줄기를 따라가면서 내려다보면 또한 그럼직할 것이다.

저 준엄한 소백산맥(小白山脈)이 제주도(濟州道)를 건너보고 뜀을 뛸 듯이, 전라도의 뒷덜미를 급하게 달리다가 우뚝······ 또 한번 우뚝······ 높이 솟구친 갈재[蘆嶺]와 지리산(智異山) 두 산의 산협 물을 받아 가지고 장수(長水)로 진안(鎭安)으로 무주(茂朱)로 이렇게 역류하는 게 금강의 남쪽 줄기다. 그놈이 영동(永同) 근처에서는 다시 추풍령(秋風嶺)과 속리산(俗離山)의 물까지 받으면서 서북(西北)으로 좌향을 돌려 충청좌우도(忠淸左右道)의 접경을 흘러간다.

　(···중략···)

여기까지가 백마강(白馬江)이라고, 이를테면 금강의 색동이다. 여자로 치면 흐린 세태에 찌들지 안한 처녀적이라고 하겠다. 백마강은 공주 곰나루에서부터 시작하여 백제(百濟) 흥망의 꿈자취를 더듬어 흐른다. 풍월도 좋거니와 물도 맑다. 그러나 그것도 부여 전후가 한참이지, 강경에 다다르면 장꾼들의 흥정하는 소리와 생선 비린내에 고요하던 수면의 꿈은 깨어진다. 물을 탁하다. <u>예서부터가 옳게 금강이다.</u> 향은 서서남(西西南)으로, 빗밋이 충청·전라 양도의 접경을 골타고 흐른다.

이로부터서 물은 조수(潮水)까지 섭쓸려 더욱 흐리나 그득하니 벅차고, 강 넓이가 훨씬 퍼진 게 제법 양양하다.

이름난 강경벌은 이 물로 해서 아무 때고 갈증을 잊고 촉촉하다.

낙동강이니 한강이니 하는 다른 강들처럼 해마다 무서운 물난리를 휘몰아 때리지 않아서 좋다. 하기야 가끔 홍수가 나기도 하지만.

이렇게 에두르고 휘돌아 멀리 흘러온 물이, 마침내 황해(黃海) 바다에다가 깨어진 꿈이고 무엇이고 탁류째 얼러 좌르르 쏟아져 버리면서 강은 다하고, 강이 다하는 남쪽 언덕으로 대처(大處 : 市街地) 하나가 올라 앉았다.

<u>이것이 군산(群山)이라는 항구요, 이야기는 예서부터 실마리가 풀린다.</u>

―11-12[5]

카메라의 시선이 원거리 롱샷(long shot)에서 군산이라는 초점을 향해 근접하듯이 『탁류』는 등장인물들의 생활터전이 되는 역사적 현장을 향

---

5 채만식, 『탁류』, 한국소설문학대계14, 두산동아, 1999.
  본고의 텍스트로 인용문은 말미에 쪽수만 표기함, 밑줄은 필자가 표시.

해 진입하고 있다. 작가는 식민지에로의 전락을 물줄기에 비유함으로써 군산이라는 소도시를 통해서 역사 속의 현실인 식민지 사회 속에서 이루어지는 삶의 형태에 천착한다.

소설의 첫 장은 정주사가 미두장에서 돈을 잃은 '애송이'에게 봉변당하는 것에서 시작된다. 선비의 집 자손으로 한일합방 직후부터 13년 동안 군청 서기로 일한 끝에 퇴직한 정주사는 선산과 논 몇 천 평, 집 한 채를 팔아 빚을 갚고 남은 돈 얼마를 가지고 고향 서천을 떠나 군산으로 솔권하여 온다. 당시 군산에는 이러한 이주민이 넘쳐나고 있었다. 그는 미두 (米豆) 중매점의 사무원을 거쳐 미두꾼으로 나섰지만 이태 만에 밑천을

둔율동과 개복동 사이에 있는 아리랑고개

날려버리고 미두장에서 시세의 등락에 내기를 걸어 돈을 따먹는 '하바꾼'
으로 전락한다. "입만 가졌지 수족은 없는 사람" 정주사는 미두로 대표
되는 식민지 수탈사를 증거하는 '인간기념물'이라 묘사된다.

　지금으로부터 열두 해 전, 정주사가 강 건너 서천(舒川) 땅에
서 이곳 군산으로 이사를 해 올 때, 그의 선대의 유산이라고는
선산(先山) 한 필에, 논 사천 평과 집 한 채 그것뿐이었었다. 그
때에 정주사는 그것을 선산까지, 일광지지만 남기고, 모조리
팔아서 빚을 뚜드려 갚고 나니, 겨우 이곳 군산으로 와서 팔백
원짜리 집 한 채를 장만할 밑천과 돈이나 한 이삼백 원 수중에
떨어진 것뿐이었었다.

　(…중략…)

　군산으로 건너와서는, 은행을 시초로 미두중매점이며 회사
같은 데를 칠 년 동안 두고 서너 군데나 드나들었다. 그러다가
마침내 정말 노후물의 처접을 타고 영영 월급 세민층에서나마
굴러 떨어지고 만 것이 지금으로부터 다섯 해 전이다.

　그런 뒤로는 미두꾼으로, 미두꾼에서 다시 하바꾼으로.

—19~20

　미두장은 군산의 심장이요, 전주통(全州通)이니 본정통(本町通)
이니 해안통(海岸通)이니 하는 폭넓은 길들은 대동맥이다. 이 대
동맥 군데군데는 심장 가까이, 여러 은행들이 서로 호응하듯
옹위하고 있고 심장 바로 전후 좌우에는 중매점(仲買店)들이 전

119

화줄로 거미줄을 쳐놓고 앉아 있다.

—13

　군산의 미두장을 중심으로 한 전주통, 본정통, 해안통 등은 서사적 진행을 가능케 하는 동력이다. 이들 사이를 옮겨다니는 것, 그 자체가 서사적 진행의 기반이 되는 것에서 토포스를 서사적 참여의 기능자로 인식할 수 있다. 『탁류』는 곡식을 투자하는 미두장을 중심으로 이뤄지는 인간의 폐해를 다루는데, 여기서 수시로 펼쳐지는 군산의 모습과 그 지리적 위치 및 서술자의 동선은 그 자체가 발생하는 사건의 동인이 된다.

　당시는 일제시대의 경제적인 수탈로 일인들이 금강, 만경강 유역을 자기들의 농장으로 만들고 이 곡창지대에서의 소출은 군산항을 통해 '대판시장'으로 보내졌다. 그리고 미곡가는 대판에서 결정되므로 정주사의 몰락은 이중삼중의 식민지약탈이 가져온 필연적인 결과이다. 농촌에서는 농토를 빼앗기고 미두장에서는 도시민이 돈을 빼앗겨 급기야는 거렁뱅이 신세가 된다.

　'망건 쓰고 귀 안 뺀 촌 샌님들이 도무지 어쩐 영문인줄 모르게 살림이 요모로 조모로 오그라들라치면 초조한 끝에 허욕이 나서' 미두공부를 기역 니은부터 배워가면서 일변 미두를 한다. 그러나 미두시장 거래에서 일체 배제되었던 조선사람들은 미두거래에서 얻은 것이 아니라 일인의 조작에 원칙적으로 빼앗기게 되어 있었다.[6]

　미두장에서 모진 수모를 겪고 난 정주사는 마음을 잡지 못하고 거리를

---

6 홍이섭, 「채만식-『탁류』」, 『창작과 비평』 봄호, 1973, 67면.

방황한다.

> 푸른 지붕을 이고 섰는 xx은행[7] 앞까지 가면 거기서 길은 네거리가 된다. 이 네거리에서 정주사는 바른편으로 꺾이어 동년고개 쪽으로 해서 자기 집 '둔뱀이'로 가야 할 것이지만, 그러지를 않고 왼편으로 돌아 선창께로 가고 있다.
>
> —18

째보선창[8]은 정주사가 강 건너편 서천에서 건너와 군산에 첫발을 디디어 놓은 곳이기도 하지만 그가 미두로 살림이 거덜나자 두루마기를 뒤집어쓰고 금강에 "빠져 죽을 것이냐" 하고 한탄하는 곳이기도 하다. 회포를 풀러가지만 그가 다시 돌아올 수밖에 없는 곳은 일제시대 가난한 한민족이 오밀조밀 군집해 살던 콩나물고개 너머에 있는 개복동과 둔뱀이이다.

---

7 군산시 장미동 23번지에 위치한 조선은행은 1923년에 신축된 건물로서 당시 경성 이외의 장소에서는 이러한 큰 건물을 볼 수 없있다. 조신은헹 옆으로 보이는 큰 길은 헌 제일은행에서 조선은행으로 넘어가는 동령고개인데 본래 이곳에 있는 동령산의 이름을 딴 고개 명칭이다. 이 길은 채만식의 탁류에서 정주사가 미두장에 가기위해 걷던 길이며 이 길가에는 군산의 유명 은행 6곳이 줄지어 있던 은행거리였다. 1945년 광복 후에 구 조선은행 군산지점은 한국은행으로 명칭이 바뀌어 전주로 이전하였고 한일은행 지점으로 사용되다가 한일은행이 중앙로 2가로 신축 이전한 후에는 유흥업소로 사용되다가 화재로 겉모습만 남아 오늘에 이르고 있다.

8 '째보'란 말은 그 하나는 일제가 어항으로 이용하면서 우리어선 규모도 함께 커지자 생긴 객주 중에 째보라는 객주가 있었는데 그것을 이르는 말이라고 하고 그곳 지형이 째져서 이르는 말이라고도 전한다. 군산 중심 시가지는 산이 있고 산이 아닌 곳에는 바닷물이 들었으며 그 가운데 江心이 있어서 어느 곳 하나 평평한 곳이 없었던 곳이다. 째보선창은 어항으로 개발되어 날로 팽창하고 번영을 누렸다. 충청, 전라 연안의 어선기지 또는 어업기지로 변모에 또 변모하여 근대 어항의 면모를 갖추었다. 그것이 일제 통치기였고 이어 광복 후에도 역시 그 추세로 오늘에 이르렀다. 일제 때는 동빈어판장(東濱漁販場)이라 했고 광복 후부터 동부어판장(東部漁販場)이라 부르고 있다.

정주사는 내키지 않는 걸음을 천천히 걸어 전주통이라고 부르는 동녕고개를 지나 경찰서 앞 네거리에 이르렀다. 거기서 그는 잠깐 망설인다. 탑삭부리 한참봉네 집 싸전가게를 피하자면, 좀 돌더라도 신흥동으로 둘러가야 한다.

(…중략…)

정주사는 요새 정거장으로부터 시작하여 새로 난 소화통이라는 큰 길을 동쪽으로 한참 내려가다가 바른손 편으로 꺾이어 개복동 복판으로 들어섰다.

예서부터가 조선사람들이 모여사는 곳이다.

지금은 개복동과 연접된 구복동을 한데 버무려 가지고, 산상정이니 개운정이니 하는 하이칼라 이름을 지었지만, 예나 시방이나 동네의 모양다리는 그냥 그 대중이고 조금도 개운은 되질 않았다. 그저 복판에 포도장치도 안 한 십오 간짜리 토막길이 있고, 길 좌우로 연달아 평지가 있는 둥 마는 둥하다가 그대로 사뭇 언덕비탈이다.

그러나 언덕비탈의 언덕은 눈으로는 보이지를 않는다. 급하게 경사진 언덕비탈에 게딱지 같은 초가집이며 낡은 생철집 오막살이들이, 손바닥만한 빈틈도 남기지 않고 콩나물 길 듯 다닥다닥 주어 박혀, 언덕이거니 짐작이나 할 뿐인 것이다. 그 집들이 콩나물 길 듯 주어박힌 동네 모양새에서 생긴 이름인지, 이 개복동서 그 너머 둔뱀이로 넘어가는 고개를 콩나물고개[9]라고 하는데, 실없이 제격에 맞는 이름이다.

개복동, 구복동, 둔뱀이[10] 그리고 이편으로 뚝 떨어져 정거장 뒤에 있는 '스래', 이러한 몇 곳이 군산의 인구 칠만 명 가운데 육만도 넘는 조선사람들의 거의 대부분이 어깨를 비비면서 옴닥옴닥 모여 사는 곳이다. 면적으로 치면 군산부의 몇십분지 일도 못되는 땅이다.

그뿐 아니라 정리된 시구라든지, 근대식 건물로든지, 사회시설이나 위생시설로든지, 제법 문화도시의 모습을 차리고 있는 본정통이나, 전주통이나, 공원 밑 일대나, 또 넌지시 월명산[11] 아래로 자리를 잡고 있는 주택지대나, 이런데다가 빗대면 개복동이니 둔뱀이니 하는 곳은 한 세기나 뒤떨어져 보인다. 한 세기라니, 인제 한 세기가 지난 뒤에라도 이 사람들이 제법 고만큼이나 문화다운 살림을 하게 되리라 싶질 않다.

—26~27

미두장 주위와 본정통, 전주통 등의 대로변 풍경과 둔뱀이 일대에 대

---

9 개항 당시만 해도 창성동(昌成洞), 개복동(開福洞), 송창동(松昌洞)은 높은 지대로 인가가 없었고 울창한 야산이었다. 군산 여기저기에는 높낮이가 비슷한 신이 많았다. 지금의 소룡동을 '솔고지'라 했고 문창현(文昌縣)에 가려면 현 개복동 근처의 산 고개나 그 기슭을 타야했다. 이런 길에는 '주(酒)'자라고 표시하는 주막이 있기 마련인데 개복동, 둔율동 입구 그 고개에 '콩나물국'을 잘 끓이는 주막이 있었다. 여기에서 연유하여 '콩나물고개'라 불러왔다고 한다.

10 눈뱀이는 오늘의 둔율동(屯栗洞)을 말한다. 이 말은 밤골이라는 의미인데 앞뒤가 맞지 않는다. 아마도 한문화할 때 잘못 정리한 이름이 아닌가 한다. 둔전이란 주둔군들의 군량 양곡을 일일이 당시는 교통이 사나웠으니까 더욱 공급할 수가 없었기 때문에 현지에서 논밭을 갈아 자급했던 것이다 이것이 둔전(屯田)이다. 둔전의 우리말은 '둔배미'라 할 수 있다. 둔율동 그 밑지역 미원동(米原洞) 일대는 논, 밭이었다. 이를테면 '논배미', '밭뙈기'였던 것이다.

11 李弘稙이 엮은 『國史大事典』 중 '군산'란에는 명승지로 월명산을 들고 있다. 그러나 군산의 주요 명승지 또는 풍치 있는 이름으로 전해오기는 雪林山, 隱寂寺, 千房山, 羅雲, 米龍, 米堤, 그리고 海望이다. 일제가 군산 시가지를 개발하고 만든 시가지도를 보더라도 월명산은 1920년 중반기 제작한 지도에는 없고 1933년 이후 시가지를 확장한 지도에서부터 나타나 있다.

한 대조적인 모습은 군산이 도시의 생성과정에서 자본과 국가권력의 다양한 지배방식으로 조작된 공간임을 보여준다. 군산은 다수의 한민족이 소수의 일본인에 의하여 소외감을 맛보고 있는 식민지적 불평등구조의 현장이었다. 일제시대의 모든 도시들이 그러하였듯이 군산도 일본의 식민지 지배 정책에 따라 개발되고 성장된 인위적인 도시였다. 그들은 식민지 착취의 원활한 수행을 위해 이 도시를 성장시켰고 대규모 토목공사는 군산의 배후지에서 생산되는 쌀을 수탈하기 위한 것이었다. 그러므로 일제의 식민지 경영하에 도시로 성장한 군산의 미두장에서 일확천금을 꿈꾸다 몰락한 정주사가 급기야 딸 초봉을 매매혼으로 내몰아 그녀로 하여금 끝없는 나락으로 떨어지게 만드는 과정은 이러한 공간구조에서 야기될 수 있는 스토리 중의 하나라고 할 수 있다. 인물들을 움직이는 동인이라든지 인물들의 운명을 좌우하는 힘 등이 '인간관계를 철저하게 사물화시키는 식민지의 자본정책'에서 비롯된 '군산–공간'의 주도 아래 구현되고 있다. 아직 전근대적인 가치관에서 벗어나지 못한데다 일제가 행한 악독한 정책으로 끼니를 이을 수조차 없게 되어버린 피식민지민의 참혹한 현실에서 초봉이가 빈곤의 해결책으로 몸을 파는 것과 같은 생활을 할 수밖에 없는 것이 1930년대 말기 우리 민족의 현실상황이었던 것이다.

근대화 과정에서 흔히 볼 수 있는 전통사회 해체의 대표적인 인물로 묘사된 정주사는 일제가 생성한 화폐경제의 희생물이다. 그는 농촌에서 몰락하여 추출당하고 도시로 이주하여 무직자로 전락하는 과정 및 식민 치하에서 우리 민족의 삶이 붕괴되는 것을 보여준다. 역사적으로 보면

군산과 장항 사이에 놓여진 금강하구둑

일본은 식민지를 효과적으로 약탈하기 위해 근대화 착수에 들어갔으며 군산의 경우 미곡을 실어나르기 위해 도로가 만들어지고 항구가 활성화 된다. 그러므로 이러한 성장은 양면성을 갖게 되는데 그 속에서 소외당 하는 한민족은 일본으로 빠져나간 자본의 피해를 고스란히 떠안게 되어 더욱 피폐해지는 것이다.

미두장 가까이에 있는 '푸른지붕의 xx은행 군산지점 당좌계'에 있는 고태수는 자신의 자포자기적인 삶을 보상받으려는 심리에서 속임수로 초봉과 결혼함으로써 초봉을 불행케 하는 최초의 단서가 되는 인물이다. 그는 하숙집의 김씨와 간통하는가 하면 기생인 행화와도 관계를 맺고 있 다. 그에게는 주색 이외에 인생의 목표는 없는 듯이 보인다. 그리고 유 흥비용을 대기 위해 은행의 직책을 이용하여 거액의 돈을 유용하고, 사 실이 발각되면 자살을 하려는 결심을 하고 있다. 그래서 마지막 남은 인 생을 더욱 즐겁게 지내고자 평소 흠모해온 초봉과의 결혼을 추진하여 성 공한다. 그리고 미두장의 장형보는 돈을 얻기 위해 은행원 고태수와 친 분관계를 맺고 그의 아내인 초봉이까지 탐하게 된다. 그에게 있어 중요 한 것은 단지 돈과 여자뿐인데 그는 고태수를 이용해 돈을 가로챌 뿐만 아니라 초봉을 손에 넣기 위해 고태수를 죽게 한다. 이들 장형보와 고태 수 역시 식민지 근대사회의 경제구조에 희생물이다. 그들은 조선은행과 미두장을 중심으로 활동하고 시간이 나면 가끔 은적사[12]에 가거나 혹은 신흥동이나 개복동 등, 유곽이 있는 동네를 들락거리며 여가를 보내는 도시의 퇴적물들로 둘 사이에 돈 이상의 인간적 친분은 없다. 그들 옆에

---

12 은적사(隱寂寺)라는 이름은 불자가 입적하기 전에 죽음을 앞두고 머무르는 사찰이라는 뜻으로 현재는 학생 들의 소풍대상지로 각광받을 만큼 군산 사람들이 자주 찾는 곳이다.

몸을 판 돈으로 가족의 생계를 돕는 또 하나의 초봉, 행화가 "온통색주가집 모를 부은 개복동 아랫비탈"에 있는 유곽,[13] 개명옥에서 살고 있다. 고태수는 기생 행화와 미두중매점의 시장대리인 형보와 더불어 택시를 타고 은적사에 자주 놀러간다.

『탁류』의 고태수와 장형보가 놀러갔던 은적사 입구

---

13 군산은 합법적으로 미두를 할 수 있는 치외법권지역이다. 또한 '행화'를 통해서 알 수 있듯이 유곽이 발달되어 있는 장소이기도 하다. 미두장과 유곽이 상징하는 바와 같이, 군산은 경제적 자본 축적을 추구하는 근대적 도시이며 돈과 성의 교환구조가 가능한 공간인 것이다. 1930년대 군산에는 옥の가, 군산루, 송월루, 칠복루 등 11개의 유곽이 존재했다. 이 중 8개소는 일본인이 운영했고, 창녀의 수는 일본인이 61명, 한국인이 26명이 있었다. '군산개항 100년', 『전북일보』, 1998. 7. 20 참조.

　　형보가 아랫목에서 제풀에 곱사춤을 춘다. 형보의 몫으로
기생 하나를 더 불러, 네 남녀가 탄 자동차는 길로 먼지를 하
나 가득 풍기면서 공원 밑 터널을 빠져 '불이촌'[14] 앞을 달린다.
바른편으로는 바다에 가까운 하구의 벅찬 강물에 돛단배들이
담숭담숭 떠 있고, 강건너 충청도 땅의 암암한 연산(連山)들 봉
우리 너머로는 오월의 창공이 맑게 기울어져 있다.

— 113

　　또한 운명의 여인 초봉은 군산정거장에서 들어오자면 영정으로 갈려
드는 세거리 바른 편 귀퉁이에 있는 제중당이라는 양약국에서 여점원으
로 근무한다. 그러니까 영동과 둔뱀이가 그녀의 동선이다. 부모의 종용
으로 주색에 빠진 고태수와 공회당에서[15] 결혼을 하고 고태수가 장형보
의 간계로 죽은 후, 이리역에서 호남선 본선을 대전으로 갈아타려다가
거기서 제중당의 주인이었다가 서울로 이사를 간 박제호를 만나, 기차를
타고 황등, 함열, 강경을 지나 논산에서 제호와 하룻밤을 지낸 후 서울
로 가서 살림을 차린다.

14　일제 강점기에는 많은 일본인들이 전국에 살게 되었지만, 그중에서도 군산은 특별한 곳이라 할 수 있다.
　　기름지고 넓은 호남평야의 쌀을 수탈해가는 거점도시가 바로 군산이었기 때문이다. 서해바다를 막아서 만
　　든 조선 최대의 간척지에는 일본에서 온 대규모 농업이민이 자리를 잡았고, 군산 시내는 농장을 경영하거
　　나 무역업을 하는 일본인들의 터전이 되었다. 이렇게 일본인들에게 주어졌던 농지를 '불이농촌'이라 했고
　　그들은 조선인들과는 달리 유족한 생활을 했었다.
15　초봉이가 결혼한 공회당 역시 지역상공인들이 모여 회의를 하는 상업회의소가 일반 시민들이 출입하여 모
　　임 갖기에 적합하다 생각하여 상공업인들이 공익실현의 의미로 공회당을 함께 만들었던 것이다. 소방서
　　앞에 자리했던 그 건물은 헐리고 터는 현재 주차장으로 이용되고 있다.

초봉이 고태수와 결혼한 공회당이 있던 자리

한편, 승재는 장재동에 있는 금호병원에서 의사 조수로 근무하고 있고, 후에 서울에 실비병원을 차린다. 승재는 낮에는 일을 하고, 밤에는 야학에 나가 가난한 아이들을 돕는다. 또한 자신의 뜻대로 살아가는 당찬 인물인 계봉이는 초봉이의 동생으로, 합리적인 정신의 소유자다. 그녀는 초봉이를 의존해 살아가는 군산집을 뛰쳐나와 상경한다. 상경해서도 남의 신세를 지지 않기 위해서 백화점 판매원으로 취직하여 자립생활을 한다. 군산과 서울 등, 점유공간이 가까운 승재와 계봉은 연인 사이가 된다.

1910년 10월 1일 군산부청이 설치되면서 활기를 띠게 된 군산항은 1912년 호남선과 만나는 군산선이 개통되면서 바다와 육지를 연결하는

월명산 입구에 있는 일본식 가옥

편리한 항구로서 급격한 발전을 하게 되었다. 비옥한 토지에 자리잡고 있는 군산에 개항 초부터 일본인들이 앞다투어 진출하여 농장을 형성, 확대해 나갔던 만큼 군산항은 쌀의 수출항으로서 중요한 역할을 수행하였다. 따라서 1920년대에는 한국의 전체 쌀 수출량의 20% 이상을 군산항에서 실어갔으며 1937년 중일전쟁 이후 한국이 병참기지가 되고부터는 쌀의 집산지인 군산 지역은 다른 지역보다도 공출이 더 심하였다. 군산선은 군산과 이리를 잇는 철도노선으로 그것은 군산역에서 끝나지 않고 군산항까지 연결되어 있다. 즉 군산에는 군산역과 군산항역, 두 곳이 존재했었다. 군산항까지 철로가 가설되어 김제, 만경평야에서 생산되는 수많은 미곡과 농산물들이 군산선을 통해 유출되기 위해서였다. 이러한 항구와 철도의 교역장소로 군산의 선창은 매우 번잡했다.

　　날이 한가한 것과는 딴판으로, 선창은 분주하다. 크고 작은 목선들이 저마다 높고 낮은 돛대를 웅긋중긋 떠받고 물이 안 보이게 선창가로 빡빡이 들이 밀렸다. 칠산바다에서 잡아 가지고 들어온 젓조기가 한창이다. 은빛인 듯 싱싱하게 번적이는 순지도 푼다. 배마다 셈세는 소리가 아니면 닻 감는 소리로 사공들이 아우성을 친다. 지게 진 짐꾼들과 광주리를 인 아낙네들이 장속같이 분주하다.

　　강안으로 뻗친 찻길에서는 꽁지 빠진 참새같이 방정맞게 생긴 기관차가, 경망스럽게 달려다니면서 빽빽 성금한 소리를 지른다. 그럴라치면 멀찍이 강심에서는 커다랗게 드러누운 기선이, 가끔가다가 우웅하고 내숭스럽게 대답을 한다.

준설선이 저보다도 큰 크레인을 무겁게 들먹거리면서 시커
먼 개흙을 파올린다.

—21

소설의 주요 인물들은 모두 군산의 외지인들이었다. 정주사와 박제호
는 충남 서천 사람이고, 고태수와 남승재는 서울, 장형보는 전국을 떠돌
아 다녔었다. 이들은 군산이라는 도시의 생성구조와 같이 탁류로 흘러든
흐린 세태의 파편들로서 당대 군산의 군상들을 역사적으로 재현하는 역
할을 하는 것으로 비유되기도 한다. 소설의 전반부에는 이들이 군산에서
활동하여 군산의 토포스가 강하게 나타나는데 반해 후반부는 주인공 초
봉 및 계봉, 승재, 제호, 형보가 차례차례 서울로 이동하게 된다. 그렇지
만 서울이라는 공간은 계봉이가 백화점에 다니는 것을 제외하면 이들의
활동에 어떤 영향도 미치지 않는다. 그들은 모두 군산에서 인연을 맺었
던 사람들인지라 그 관계망을 벗어나지 못한 채 소설의 후반부로 갈수록
공간적이고 시대적 반영보다는 초봉이의 불행한 개인사 쪽으로 초점이
모아진다. 이들이 군산을 떠나는 순간, 군산의 외면적 지도는 사라진다
고 볼 수 있다. 그런 까닭에 군산의 토포스가 상실되어 결국은 어느 곳
이라도 상관없는 무장소성(placelessness), 즉 장소감이 없는 공간에서 이
야기가 진행되다보니 초봉이와 타인들 간의 갈등만 고조된다. 소설 마지
막 부분에서 초봉이가 장형보를 살해하기까지 이르지만 근본적인 토포
스는 전혀 제시되지 않는다. 이러한 공간생성의 허약성으로『탁류』의 후
반부는 리얼리즘의 실현면에서 전반부에 비해 서사의 긴밀성을 상실함
으로써 이 소설에서 토포스가 플롯의 1차적 동인임을 입증하고 있다.

군산 앞바다와 부잔교

3. 내시경적 지도 : 식민지 구조

1) 정치 · 사회적 구조

한국의 근대소설에서 공간은 흔히 구체적인 장소성을 결핍하고 있다는 평을 듣는데 반해 채만식의 『탁류』에는 구체적이고 가시적인 물질성을 지니는 장소와 실체인 장소의 배후에 추상적이고 보편적인 개념으로서의 공간이 있다. 그것은 일제라는 시대적 상황과 검열기제 하에서 1930년대 문학이 당시의 민족현실을 반영하는 한편 내적으로 조망하는

화물역이 된 군산역

숨겨진 차원을 가상해야만 했던 상황의 표출이다.

　일제시대에 개발된 도시, 군산은 금만평야에서 생산되는 미곡을 담보로 하는 무형적 경제의 흐름과 그 영향권으로서의 일제의 전략적 수탈정책이 전제되지 않고는 어떠한 사건도 생성될 수 없는 장소였을 것이다. 1930년대는 전 세계가 격동기에 해당하는 시기로서, 1931년 일본은 만주사변을 일으켜 대륙침략의 서막을 열었다. 1937년 중일전쟁을 일으킨 일본은 한민족을 더욱 탄압하여 1938년에 국가총동원법, 노동징용령, 육군특별지원명령 등을 발표했다. 소위 대동아 공영권을 내세운 그들은 일장기 게양, 궁성요배, 신사참배, 일본어 상용 등을 강요했고, 1939년

월명산에서 본 군산의 전경

에는 창씨개명을 강제하여 한민족을 말살하려 획책했다.

그러므로 30년대 후반은 30년대 전반까지 형식적으로나마 주어졌던 약간의 자유와 포용이 점진적으로 박탈되고, 제국주의 전쟁을 위한 무자비한 전시체제에 돌입하던 시기라 할 수 있다. 해가 갈수록 억압은 강화되고 그에 따라 한민족의 궁핍은 가중되었다. 사회적으로 미곡의 생산량은 계획대로 증가되지 않고 산미증식계획에 따라 설치된 수리시설의 막대한 경비를 농민들이 부담해야만 했다. 이러한 요소는 토지조사 사업 등과 함께 농민들의 몰락을 촉진하게 되는데 이로 인한 궁핍으로 많은 농민들이 고향을 떠나 도시 노동자로 전락하거나, 일본, 만주, 시베리아

『탁류』의 정주사가 방황하던 째보선창

등으로 유랑의 길을 떠나게 되었던 것이다.

　군산은 1894년 개항할 당시까지만 해도 한인 150호, 일인 20호에 불과한 한촌이었다. 그러던 것이 호남미 반출이 본격화되면서 1934년 당시, 인천, 부산을 훨씬 능가하는 조선 수위의 쌀 반출항이 됨으로써 새로운 대처로 발달하였다. 군산의 시가는 미곡반출을 취급하는 미두장(米豆場)이 중심이 되고 그 둘레로 은행, 미두중매소 등이 늘어서 중심가를 형성한다. 그 둘레에 문화도시 같은 모습을 한 일본인촌이 있고 변두리 언덕받이에는 인근 농촌에서 일제의 수탈로 인해 몰락한 끝에 도시의 하층민이 된 사람들의 빈민촌이 있다. 이렇게 해서 형성된 빈민촌이 '개복동, 구복동, 둔뱀이 그리고 이편으로 뚝 떨어져 정거장 뒤에 있는 스래[京捕里] 등 군산의 인구 칠만 명 가운데 육만도 넘는 '조선 사람들의 거의 대부분이 어깨를 비비면서 옴닥옴닥 모여 사는 곳'이었다. '정리된 시구라든지, 근대식 건물로든지, 사회시설이나 위생시설로든지, 제법 문화도시의 모습을 차리고 있는 본정통이나, 전주통이나, 공원 밑 일대나, 또 넌지시 월명산 아래로 자리를 잡고 있는 일본인 주택지대'와는 대조를 이루었다.[16]

　이러한 정치, 사회적 구조 속에 『탁류』의 인물들은 군산 앞바다의 되적물처럼 쓸려 내려올 뿐 헤쳐나갈 지각적 인식구조가 아직 형성되지 않았다. 그러므로 이들에게 환경, 즉 공간의 영향력은 숙명이 된다.

16　황국명, 「채만식 소설의 현실주의적 전략 연구」, 부산대 박사학위논문, 1990, 18면.
　　"『탁류』의 배경이 되고 있는 군산은 도회지 삶의 '극적 대조'를 보이는 곳으로 이 도시의 삶의 대립성이 작가의 상상력을 자극하여 『탁류』가 조선/일본, 야만/문명, 빈자/부자라는 이원대립 쌍을 갖는다. 그러나 『탁류』의 서두가 1930년대 중반, 식민도시 군산이라는 공간에서 시작되고 있고 이 작품이 당시의 혁명적 리얼리즘이 보여준 성과에 비해 손색이 없음을 고려할 때 작가의 반제민족주의적 이념이 형상화되었다고 보아야 할 것이다."고 한다.

『탁류』에 나오는 푸른 지붕의 조선은행. 화재 후 방치된 현재 모습

　도시 형성의 내면구조의 근저에는 '금만평야 간척의 역사'가 있었다. 일제치하인 1926년 산미증산 12년 계획을 수립하여 간척사업이 추진되었다. 김제군 광활면 옥포리에 농사시험장 간척지 출장소를 설치하고 간척지 시험을 수행하여 1926년에서 1938년까지 178지구에 40,880ha를 개발하였다. 이러한 군산 형성의 기간적 개발의 연계작업으로 군산 역시 직교식으로 설계되어 이리와 철도가 연결되었으며 전군도로가 개설되나 그것이 도시간의 원활한 소통이나 균형발전에 긍정적으로 작용하지 못하고 도시를 황폐화시키는 기능을 수행할 뿐이었다. 미두장 앞뒤에 있는 본정통이나 전주통거리, 미두장 앞 항구의 철도는 호남지역의 미곡을 군

산항으로 수송, 종내는 일본으로 가져가기 위한 목적으로 개설된 것은 물론 이주민이 대거로 몰려 군산의 인구만 해도 1915년 1만 천명이던 것이 1944년에는 5만 7천여 명이나 되었다. 순수 조선인은 무려 10배 이상이 증가했다.[17] 그리고 그들의 대부분이 도시빈민으로 전락했다. 일제의 수탈과 모순된 경제구조로 인해 전 민족이 궁핍에 시달리며 기아선상에서 헤매야 하는 것이 당시의 '탁류'였다.

『탁류』는 1930년대의 이 땅을 얽매고 있는 식민지 현실에서 등장인물을 철저하게 몰락시키는 것으로서 그들이 처한 시대적, 사회적 공간구조의 총체성으로 내면화시켰다. 그러므로 "한 사회의 공간구조는 분명 그 사회를 총체적을 규정하는 기본 조직원리 또는 메커니즘에 의해 지배된다. 공간은 단순한 사회생활의 공간적 배경이 될 뿐만이 아니라 사회적 관계의 산물이며, 동시에 사회적 과정과 끊임없이 상호작용하는 것이다. 결국 식민지 도시공간에는 근대화의 파행적 성격이 내재되어 있으며, 도시 공간에 대한 채만식의 언술행위는 그 자체로서 정치적 성격을 띤다고 볼 수 있다."[18]

채만식은 이같은 식민지 근대화의 이면에 숨겨진 차원이 군산의 정황에 미지는 영향을 기반으로 도시의 군상을 세세히 그려 나아갔다.

---

17 군산사랑 http://www.gunsansi.co.kr 참조.
18 이대규, 「〈탁류〉의 도시공간연구」, 『현대소설연구』, 한국현대소설학회, 1999, 170면.

2) 교육적 구조

교육은 근대 도시민의 사회적 수직이동의 수단으로 매우 중요한 가치를 지녔으므로 식민치하에서도 빈민층의 교육열은 아주 높았었다. 『탁류』에서 정주사의 부인도 자녀들에 대한 교육열이 높아서 ─ 초봉의 어머니 유씨의 경우, 교육열은 높았지만 무분별한 집착에 다름 아니고 그 목적이 '좋은 데로 시집보내기'라는 전근대적인 인식을 계승하는 방식에 머무름으로 인해 초봉이 마음에 둔 사람이 있음을 알고도 돈을 쫓아 고태수와 결혼시키고 후회한다. ─ 교육비로 인한 가정경제의 압박이 심각하였다. 정주사 가정의 생활상에서 그런 모습은 역력히 나타난다.

이 여섯 식구가, 아이들까지도 입은 자랄 대로 다 자라, 누구 할 것 없이 한 그릇 밥을 내놓지 않는다.

그러니, 한 달에 쌀 오통 한 가마로는 모자라고 소불하 엿 말은 들어야 한다.

또 나무도 사 때야 하지, 아무리 가난하기로 등짐장수처럼 길가에서 솥단지밥을 해먹는 바 아니니 소금만 해서 먹을 수는 없고, 하다못해 콩나물 일 전어치나, 새우젓꽁댕이라도 사먹어야지 옷감도 더러는 끊어야지, 집세도 치러야지.

그런데다가 정주사의 부인 유씨(兪氏)라는 이가 자녀들에 대한 승벽이 유난스러, 머리를 싸매가면서 공부를 시키는 편이다. 그래서 맏딸 초봉이는 보통학교를 마친 뒤에 사립으로 된 삼년제의 S여학교를 다녀 작년 봄에 졸업을 했고, 계봉이는 그

S여학교 삼학년에 다니는 중이고, 형주가 명년 봄이면 보통학교를 마치는데, 저는 인제 서울로 올라가서 어느 상급하교엘 다니겠노라고 지금부터 조르고 있고 한데, 그리고도 유씨는 막내둥이 병주를 지난 사월에 유치원에 들어보내지 못한 게 못내 원통해서, 요새로도 생각만 나면 남편한테 그것을 뇌사리곤 한다.

—18~19

하지만 당시의 교육이 식민지인에게 그다지 유효한 것은 못되었다. 그것은 초봉이의 경우로 '마음이 모진 바가 아닌' 것과 '운명이란다면 하릴없다'는 것이 그녀의 근본문제이겠지만, 여학교 3년이나 다닌 당시 소위 배웠다는 여성인 초봉은 고태수와의 결혼에서부터 자신의 의사대로가 아니다. 뿐만이 아니라 박제호의 첩이 되는 과정이랄지 형보와 살림을 차릴 때도 자신의 의지를 굳히지 못하는 소극적인 모습으로 단지 모성에 끌려 다닌다. 이러한 소극적인 성격이 물론 그녀가 몰락하는 데에 기여했겠지만 당시의 교육이 자아와 현실을 올바로 인식하는 근대적 인식을 계발시키는 것과는 무관했음[19]도 한축을 이룬다. 식민지 시대의 교육은 식민 사회에 순응할 수 있는 인간반을 길러내는 우민화교육이고 더욱이 식민지 여성의 교육 기회는 매우 제한적이며 차별적이었다. 여성에 대한 일제의 교육정책은 식민 정책의 기본이념이었던 동화주의를 기저로 한 우민화 정책과 실용주의로 식민지 전반기에는 황국의 어머니로서 가업을 책임지는 의무를, 후반기에는 전쟁을 위한 여성의 노동력 동원을 의

---

19 나병철, 『전환기의 근대문학』, 두레시대, 1995, 185면.

미하였다.[20] 비교적 일찍 고등보통학교가 세워진 군산에서 교육의 혜택을 받은 초봉이가 바로 그 희생물인 것이다. 그녀는 변화를 운명으로 받아들이고 그것에 순응할 뿐 거기에 아무런 회의도 내보이지 않는 무기력한 인물이 된다. 그러므로 초봉이가 어떤 상황에서건 자기가 주체성이 없었던 것을 뒤늦게 한탄하고 있는 것은 타고난 심성도 있겠지만 식민지형 교육에서 비롯된 무주체성의 내면화교육의 역효과가 전혀 없는 것은 아니다.

> …어느 결에 이렇게 옭혀들었는지, 정신이 번쩍 든다… 그러나 그러는 하면서도 웬셈인지, 과단 있이 벌떡 자리를 털고 일어서는 대신, 기운이 차악 까라지고 한숨이 터져나온다… 그리고서 무단히 앉아 속절없이 이 운명 앞에 꿇어 엎디는 제 자신의 만만한 신세를 힘없이 한탄이나 하는 것으로 저를 위로하자고 든다.

—304~305

> '기왕 이리 된걸……'

—309

---

20 김경일, 『여성의 근대, 근대의 여성』, 푸른역사, 2004, 270~277면.
학교교육이 공식적으로 제도화되는 가운데 여성의 교육은 양적인 측면에서 점진적으로 변화하고 있었다. 보통교육을 보면, 남자만 수용하던 보통학교에 여자부를 설치할 수 있다는 칙령이 1908년 고등여학교령과 함께 발표되었다. 칙령발표에 따라 같은 해에 대구, 함흥, 군산, 여주의 4개 공립학교에 여자학급이 신설되었다. 다음해인 1909년에는 관립경성보통학교를 비롯하여 어의동, 평양, 개성, 강화, 목포, 전주, 마산 등의 보통학교에 여자부가 한 학급씩 새로 설치되었다. 여자부는 1909년까지 11개교에 신설되었고, 학생 수는 423명에 달하였다.

식민권력은 조선교육령 제15조에서 여자고등보통학교의 교육목표로 순종과 온화와 정조로 정의되는 '부덕의 함양'을 들고 있다.[21] 그것은 식민지의 여성교육이 여성의 속성을 '비주체성'이라고 전제하고 여성이 활동하는 주요공간은 부엌과 방, 즉 가(家)로 설정하는 데서 선명하게 드러난다. 그러나 널리 보면 이러한 구조는 여성에게만 한정된 것은 아니다. 남성 역시 사회적 모순과 갈등을 이해하고 이를 해결하기 위한 인간상을 만들어내기보다는 식민지 사회에 순응할 수 있는 기능공만을 길러내고 면서기를 공급하고 간이농업학교 출신의 농사개량기수를 공급하려는 데 그친다는 것이다. 이러한 교육적 환경하에서 정주사를 비롯하여 고태수, 장형보 등 일련의 파렴치한 사람들도 대개는 보통 학교 또는 전문학교를 다녔었다. 그 기능인들은 외계의 변화를 운명으로 받아들이고 그것에 순응할 뿐 거기에 아무런 회의심도 내보이지 않는다.

한편 이 소설에서 비교적 긍정적인 인물로 그려진 남승재는 의사면허 시험 준비를 하는 병원 조수이다. 그는 바쁜 생활 속에서도 빈민촌의 가난한 사람들에게 박봉을 털어서 무료시술을 베푸는가 하면 유곽에 팔려 간 조선처녀, 명님을 구해오기도 한다. 그는 가난과 질병이 전체 사회에 만연돼 있어서 자신의 개인적인 노력은 한강투석에 불과한 것이리고 생각한다. 야학에서 가르치던 학생들의 빈곤한 생활상에 참담해하고 도시 빈민이 노동은 하지 않고 출산만 하는 것을 짐승과 같은 비인간적인 것으로 인지하고 있다. 그렇지만 식민구조의 실상을 거시적으로 파악할 힘은 갖지 못한다.

---

21 위의 책, 288면.

군산 채만식문학관

　개개 지붕이 새고 토담벽이 무너진 오막살이요, 그나마 옹근한 채가 아니고 방이 둘이면 두 가구, 셋이면 세 가구로 갈라산다. 방문을 열면 악취가 코를 찌르는 어두컴컴한 속에서 얼굴이 오이꽃같이 노오란 여인네의 북통같은 배가 누워있기 아니면, 뜨는 누룩처럼 꺼멓게 부황이 난 사내가 쿨룩쿨룩 기침을 하고 앉았다.

　또 어느 집은 하릴없는 도야지 새끼처럼, 허리를 헌 띠 같은 것으로 동여매어 궤짝 자물쇠에다가 매달아놓은 애기가, 눈물 콧물 뒤범벅이 되어 울고 있다. 이건 양주가 다 벌이를 나간 집

이다. 그 반대로, 남녀가 어린아이들과 방구석에 웅숭크리고
있는 집은 벌이가 없어 대개 하루나 이틀은 굶는 집이다.

—419-420

대체 이 조그마한 군산바닥이 이러할 바이면 조선 전체는 어
떠할 것인가, 이것을 생각해 보았을 때에 승재는 기가 막혔다.
(…중략…)
그러나 그는 겨우 그 양으로 늉이 갔을 뿐이지, 질을 알아낼
시각엔 이르질 못했다. 따라서, 가난과 병과 무지로 해서 불행
한 사람이 많은 줄까지는 알았어도, 사람이 어째서 가난하고
무지하고 병에 지고 하느냐는 것은 아직도 알지 못한다.

—421

'소박한 휴머니스트' 승재는 계봉과의 대화에서 빈민들의 가난과 질병
이 개개인의 무지나 게으름에 의해서라기보다는 사회의 구조적인 모순
에 의해서라는 것을 어렴풋하게 깨달을 뿐이다. 그러므로 "사전에서 떨
어져 나온 몇 장의 책장처럼 두서도 없고 빈약한 계봉이의 '분배론'은 승
재의 입맛이나 나게 했지 머리로 들어간 것은 없고 혼란"스럽기만 하다.

"가난한 거야 제가 가난한 건데 어떡하나?"
"글쎄 제가 가난허구 싶어서 가난한 사람이 어딨수?"
"그거야 사람마다 제가끔 부자루 살구 싶긴 하겠지……"

　　“부자루 사는 건 몰라두 시방 가난한 사람네가 그닥지 가난
하던 않을 텐데 분배가 공평털 않아서 그렇다우.”
　　“분배? 분배가 공평털 않다구?”

―481

　　『탁류』에서 채만식은 식민지 현실 속에서 경제적으로 몰락해가는 민중 현실과 그 식민지 자본주의 현실에다가 가부장적 질서가 중첩된 환경 속에 놓인 여성의 운명, 근대적 인문교육을 받고서도 사회적으로 무용한 지식인 등을 보여준다. 그는 당시의 물리적 공간과 그 공간을 이용하는 사람들 그리고 양자를 매개하는 제도와 권력관계를 종합적으로 고찰하지만 외시경적인 면과 감출 것을 적절히 안배한다. 그것은 이 내면의 지도에 대하여 침묵하고 그 독법은 독자의 몫으로 남겨놓음으로써 가능했다. 초봉이의 기구한 삶의 역정과 정주사의 몰락과정, 그리고 주변 사람들의 비참한 처지를 군산이라는 공간을 통해 구체적인 실상을 보여주며 한편으로는 그러한 구조 이면에서 그것의 원동력이 되는 구조적 음모를 조망하려 한 것이 작가의 기자(記者)적 성향에서 표출된 현장감과 더불어 기획의도 중의 하나였을 수 있다. 1930년대 후반은 이러한 민족 갈등을 직접적으로 표현하는 것이 불가능한 시대였음을 인식할 때 작가가 내적 지도를 원용한 것은 불가피한 일이었다고 여겨진다. 더구나 신문연재라는 공공연한 장에서 말이다.

4. 군산 속의 『탁류』

1938년 여름, 〈군산여행기-錦江滄浪 굽이치는 群山港의 今日〉[22]에서 채만식[23]은 군산에 대하여 "조석 왕래에 고향이나 별반 다름이 없어서 인정 풍속이며 바닥을 소상하게 알고 있"다는 작가의 토포필리아[24]를 밝히고 군산의 안내자로서 지리지를 작성하듯 군산 시내를 유유히 더트고 있다.

작가가 출생하여 성장한 전북 임피 일대[25]는 금강 연안의 평야지대로서 우리나라에서도 대표적인 쌀 농사지대이다. 비옥한 농업지대인 까닭에 구한말 관리·아전들의 행패가 극심했고, 일제 침략기에는 어느 곳보다 먼저 그리고 심하게 일제의 수탈에 시달려야 했던 곳이다. 고향인 임피가 지리상으로 삼남의 중심부에 위치한 교역의 중심지였다는 사실은 채만식이 시세의 변천에 대해 그 구체적인 변모의 양상에 대한 통찰력을 과시할 수 있었던 잠재력이 된 것 같다. 그가 오성산에 올라가 조망해본

---

22 군산사랑(http://www.gunsansi.co.kr), 「현재로 떠나는 과거 여행」, 인천국어교사모임, 2003.
23 채만식(1902~1950)은 전북 군산시 임피면 축산리 31번지에서 채규섭과 모친 조우섭의 5남 1녀중 막내로 태어났다. 중앙고보 졸업 후 일본 와세다대학 부속 제일고등학원 영문과를 다니다가 중퇴하고 『동아일보』·『조선일보』·『개벽』사 기자를 지냈다. 낙향하여 빈곤과 실의 속에서 폐결핵으로 1950년 음력 5월 27일 49세에 세상을 떠났다. 그는 중학교를 졸업할 때 처음 쓴 「과도기」를 시작으로, 「세길로」가 1924년 12월 〈조선문단〉에 발표되면서 정식 문단데뷔를 하였고 1950년까지 장편 11편, 중편 7편, 단편 69편, 희곡 28편, 잡문 74편, 평론 32편, 수필 76편, 콩트 7편, 동화 3편, 동극 1편, 시나리오 2편, 좌담 3편, 자해 15편, 기행문 10편, 서평 6편, 방송극 1편 등 모두 345편에 이르는 희곡, 장·중·단편소설, 수필, 콩트, 동화 등 폭넓은 분야를 두루 써오면서 많은 작품을 남겼다. 작품집으로는 『태평천하』(1940), 『집』(1943), 『제항의 날』(1946) 등 340여 편의 많은 소설 및 희곡과 평론, 수필이 있다. 구수한 전라도 사투리를 대담하게 구사한 작가로도 잘 알려져 있으며, 대표작으로는 「탁류」, 「태평천하」, 「레디메이드 인생」 등을 꼽을 수 있다. 원고지가 부족하여 글을 쓰지 못할 정도로 궁핍했지만 그의 글에 대한 의욕은 사그러들지 않았음을 본다.
24 이-푸 투안 저, 구동회·심승희 역, 『공간과 장소』, 도서출판, 1999.
   토포필리아(topophilia)는 topos와 philia의 합성어이다. 인문지리학자인 이-푸 투안(Yi-Fu Tuan)이 제일 먼저 사용한 개념으로 알려져 있다. topos는 그리스어로 장소나 위치를 의미하고 philia는 장소에 대한 편애를 의미한다. 토포필리아는 '인간'과 '장소' 또는 '배경' 사이에 대한 친밀한 감정이다.
25 백제의 도성이 있었던 부여가 금강의 상류 쪽에 위치하고 있으며, 조선조 후기 서민문화의 정수인 판소리나 시나위 등이 발달되었던 문화권에 속하는 곳이다.

고향은 "남으로 일망무제한 金萬頃평야가 만경강의 좁다란 띠를 이루고 이 평야가 다다른 곳은 암암한 전주 남원 등지의 봉만(峰巒)들이고, 북으로는 충남 일판이 눈에 들어오는, 더욱이 한산 서천이 바로 발 아래로 내려다보이는" 광경이다.[26]

실제로 채만식의 부친 채규섭은 평민출신이었지만 부농이었다. 그래서 그는 어린 시절 비교적 부유한 환경에서 자라난다. 그러나 그의 집안은 그가 청년기에 접어들면서부터 급격히 가세가 몰락하여 학업을 중단하게 된다. 이 경험은 이후 채만식의 창작의 동인이 된다. 그것이 바로 당시 구한말 및 식민지 조선의 사회·경제적 변화와 깊이 맞물려 있었던 것이다. 그의 집안에 부가 급격하게 형성되었다가 역시 급격하게 몰락하게 된 것은 "수리조합이 나면 공짜로 땅을 뺏긴다는 낭설이 떠돌자 부랴부랴 헐가방매를 해버리곤 그 뒤 지가가 일약 이삼십 배로 폭등"[27]한 것이 원인이 되었는데 이는 단순한 소비를 통한 부의 몰락이 아니라 일본의 제국주의의 식민지 재편과 관련하여 일단 토지를 상실하고는 이를 만회하기 위해 미두를 했다가 실패했음을 시사한다. 『탁류』의 정주사가 미두장을 통해 몰락하는 것에 곧바로 작가 자신의 가족이 겪은 실제 경험을 그대로 반영하고 있는 것이다.

군산의 문학을 생각할 때 1930년 이후 꼽을 수 있는 사람은 당연히 『탁류』의 작가 백릉(白菱) 채만식이다. 한 지역을 대표하는 문학인을 찾기가 쉽지 않은 상황에서 채만식은 군산이라는 특정 지역을 배경으로 여러 소

---

26 채만식, 「五聖落潮」, 『채만식전집 10』, 창작과 비평사, 1989, 271~272면.
27 채만식, 「어머니의 슬픈기원(祈願)」, 『채만식전집 10』, 창작과 비평사, 1989, 424면.

군산 앞바다의 갯벌

설을 썼으며 그중 『탁류』는 군산의 문학적 지리지라 할 만큼 군산의 공간성이 잘 드러나 있다. 이것은 작가가 체험한 삶에서 우러나는 그대로를 군산의 지역적 특성과 실제성에 기대어 의미화하고 있는 것이다.

군산은 항구라는 점과 쌀의 주요 생산지라는 최적의 조건으로, 일제시대에 일찍 개화를 할 수 있었다. 하지만 해방이 된 후로 시간이 정지해버린 듯 30년대의 모습에서 벗어나는 데 오랜 시간이 걸렸고, 그때 지어진 일본식 가옥들은 월명동 일대에 남아 있을 정도였다. 그러나 2009년 현재 새만금 간척과 더불어 주체적인 계획 아래 군산은 '꿈의 땅'으로의 제2의 도약기를 맞이하게 되었다. '한 세기라니 인제 한 세기가 지난 뒤

월명공원에 있는 채만식 문학비

라도 이 사람들이 제법 그만큼이나 문화다운 살림을 하게 되리라 싶지 않다'던 30년대 한민족의 생활모습에 대한 작가의 염려를 불식하고 지금, 그때의 '명일(明日)이 없던' 도시와는 다른 모습에 격세지감을 느끼기도 한다.

군산이 마련한 '채만식문학기행'은 임피의 채만식 생가터로부터 시작하여 채만식의 무덤으로 끝난다. 30년대 미두장을 배경으로 군산이라는 신흥도시에서 식민지 사람들이 겪는 애환과 사회상을 그린『탁류』의 현장은 방치된 옛 조선은행 건물과 정주사가 출퇴근길에 넘었다는 콩나물 고개 그리고『탁류』기념비가 세워진 미두장터와 째보선창으로 이어진다. 월명공원에 채만식 문학비[28]가, 콩나물고개였던 자리에는 정주사의 집터를 표지하는 소설비가 세워져 있다. 채만식 기념관[29]은 군산–장항을 잇는 금강하구둑을 뒤로한 채 바닷가에 임해 있다.

시대와 공간의 격차에도 불구하고 모든 상징체계들은 어떤 방법으로든지 실재를 형상화하는 데에 기여하는 나름의 방법이 있다했던가!

황토빛이 넘실대는 군산의 바다, 1930년대에서 2000년대로 이어지는 물살은 역사를 풀어내는 웅혼감을 안고 있다. 죽는 날까지 이 땅에서 물 위의 떠 있는 부초(白萍)였던 한 군산사람의 발자취를 따라가며 문학지리지가 불러일으키는 상상적 임장감 위에 군산을 향한 작가의 은근한 감도가 더해진다.

---

28 군산월명공원 수시탑에서 3·1운동 기념비 쪽으로 100여 m를 가면 무선송신소 앞에 그가 말했던 『탁류』가 흐르는 서해를 바라보며 서 있는 채만식 문학비를 만날 수 있다. 1984년 6월 11일 세워진 것으로 홍석영 씨가 글을 썼고 군산문화원에서 세운 것이다.

29 전북 군산시 내흥동 285 소재.

Chapter ❼ 『아리랑』을 통해 새만금을 보다
—— 조정래 대하소설 『아리랑』에 담긴 새만금의 풍경과 역사

1. 새만금을 문학적으로 바라보기

새만금은 전라북도 사람들에게 무엇일까? 1987년 '서해안 간척사업'이라는 이름으로 세상에 나온 새만금 개발은 20년이 지난 지금 '글로벌 새만금'이라는 이름으로 다시 우리 앞에 놓여 있다. 그 범위 또한 넓어서 해양적 요소(바다, 갯벌, 해안)와 내륙적 요소(산악, 평원, 하천), 인간적 요소(도시, 농어촌)까지 중층적으로 결합돼 있다. 구체적으로 보면 변산의 국립공원과 금만평야, 만경강과 동진강은 물론 금강을 포함하는 하천, 고군산의 섬들과 해안, 가깝고 먼 바다, 군산·김제·부안·전주 등의 도시와 농어촌을 포함하는 인간 활동 지역, 그리고 그곳에 분포하는 군생(群生)이 새만금의 생태체계를 구성한다.[1]

한마디로 새만금은 전라북도 서해안 일대는 물론 전주까지 포함하는

---

1 김성환, 「새만금, 자연과 사람이 함께 사는 대안을 찾아서」, 『개벽과 상생의 문화지대 새만금 문화권』, 50면.

거대한 지리 공간이자 역사 공간이다. 그러나 안타깝게도 지금의 새만금은 거대한 간척사업의 대상으로만 비춰지고 있는 것이 현실이다. 그 땅에 깃든 역사와 문화, 사람들의 발자취는 그다지 주목을 끌지 못하고 있는 것이다.

어떤 장소를 그 이전과는 차별화되는 획기적인 공간으로 재창조 한다고 했을 때, 그 땅에 깃든 역사를 재조명하고 그 안에서 새로운 이야기를 끌어내는 일은 매우 중요하다. 그러한 이야기가 뒷받침 되었을 때 비로소 새롭게 개발되는 땅도 생명력을 얻을 수 있기 때문이다. 새만금 스토리텔링은 바로 이런 문제인식에서 출발한다.

다행히 군산대학교 김성환 교수를 중심으로 '새만금 문화권'에 대한 연구가 지속돼 오고 있고, 지역학의 범주에서 '새만금학'이 대두되고 있기는 하지만, 아직까지 새만금을 '문화적(혹은 문학적) 관심사'로 끌어올리기에는 다소 미흡한 구석이 없잖아 있다.

이에 새만금에 대한 문화적 고찰을 추동하는 차원에서 새만금을 소재나 주제로 삼은 문학작품을 분석해보는 것도 의미 있는 작업이 될 거라고 생각한다. 이것 또한 새만금을 새롭게 이해하는 한 방법이 될 수 있을 것이기 때문이다.

이미 우리에게는 새만금은 '통째로' 담아낸 거대한 문학이 있다. 조정래의 대하소설 『아리랑』이 그것이다. 이미 아리랑은 100쇄를 돌파한 베스트셀러지만 『아리랑』을 읽으면서 새만금을 떠올리는 사람은 거의 없을 것이다. 『아리랑』이라는 작품의 공간적 배경이 완벽히 새만금과 일치하는데도, 이를 연결시켜서 해석하는 작업이 전무했기 때문이다.

거대한 간척지로만 비춰지는 새만금. 새만금 안에는 수많은 이야기들이 숨어 있다.

이 글은 새만금과 『아리랑』을 접목시키려는 매우 미약한 시도이다. 그 무슨 심도 깊은 문학적 고찰도 아니고, 『아리랑』과 새만금을 하나의 주제로 엮어낼 만큼 필자의 능력이 대단한 것도 아니어서, 그 부분은 전문 연구자의 몫으로 남겨두려고 한다.

다만 한 독자의 입장에서, 아리랑 속에 담겨 있는 일제시대 새만금의 풍경을 다시 눈에 담아보려고 한다. 『아리랑』을 통해 새만금을 보는 것은, 적어도 '새만금 스토리텔링'에 있어서 매우 의미 있는 작업이 될 수 있을 거라고 생각한다.

새만금의 역사는 일제시대 수탈의 역사와 떼려야 뗄 수 없는 관계에 놓여 있다. 그때부터 간척의 역사가 시작됐기 때문이다.

물론 그 이전에도 수탈은 있었다. 새만금을 말 그대로 풀어보자면 '새로운 만금'이라는 뜻인데, 이는 금만평야에 그 기원이 닿아 있다. '금만'으로 불리던 이름이 '만금'으로 바뀐 것은 만금이 '많은 돈'을 의미하기 때문이다. 즉 '새로운 노다지'를 기원하는 마음이 '새만금'이라는 이름 속에 담겨 있는 것이다.

흔히 전라북도 사람들은 금만평야를 일컬어 '징게맹개 외배미들'이라고 부르는데, 이 말은 '이 배미 저 배미 할 것 없이 김제와 만경을 채운 논들이 모두 한 배미로 연결돼 있음'을 뜻한다.

만경(萬頃)이라는 지명도 재미있다. 만경은 본래 '백만 이랑'을 뜻하는 말로, '지면이나 수면 따위가 한없이 넓음'을 가리키는 일반명사이다. 그런데 이 일반명사를 지명으로 가져다 썼을 만큼 만경의 평야는 넓고 풍요로웠다. 이를 테면 땅이 하도 넓어서 '광활'이라고 짓는 식이다.

이렇듯 금만평야는 명실 공히 대한민국 최고의 평야지대이다. 경지면적으로 따지면 금만평야의 면적이 2만 8741ha에 달하는데, 새만금 사업으로 조성하려는 토지가 2만 8300ha라고 한다. 딱 그 만큼의 땅을 새로 만들겠다는 의지가 '새만금'이라는 이름에 고스란히 담겨 있는 것이다.

땅이 넓고 기름진 것만큼 큰 축복이 있을까 싶지만, 오히려 금만평야는 그 이유 때문에 수탈과 질곡의 역사를 겪어야 했다. '온 나라의 흉년을 구하던 들판'으로 유명한 금만평야는 전시나 흉년에 곡물을 대는 것은 물론이요, 전시가 아닌 때에도 전세나 공물의 명목으로 피 같은 농산물들을 나라에 바쳐야 했다. 금만평야는 철저하게 빼앗기는 땅이었다.

백만 이랑을 뜻하는 만경평야. 대한민국 최고의 평야지대다.

단 한 번도 자신이 땀 흘린 만큼 거두어서 자식새끼들 배불리 먹여본 적이 없는 땅이었다. 농사를 지으면 지을수록 소외받는 땅. 그리하여 저주받은 땅.

이러한 금만평야의 역사성에 근거해 새만금 일대를 '민중문화권'[2]으로 분류하는 움직임도 생기고 있다. 바로 그러한 관점과 내용을 착실하게 담고 있는 문학작품이 조정래의 대하소설 『아리랑』인 것이다.

2. 금만평야, 그 광활한 땅

일단 호남평야의 대부분을 차지하고 있는 금만평야는 그 규모부터 보는 이를 압도하는 힘이 있다. 여러 문헌에 걸쳐 금만평야의 거대함을 논하는 글귀들이 나오는데, 고려조 이식(1090~1151)은 "1백여 리에 걸쳐 논만 질펀하게 펼쳐져 있을 뿐, 그 사이를 가로지는 언덕이나 시내도 하나 보이지 않는다."고 다소 삭막하게 서술했는가 하면, 조선조 장유(1587~1638)는 "김제는 평야지대에 속한 고을이다. 그래서 사방 경내에 바라볼 만한 명산과 큰 강이 없음을 물론, 높은 지대라고 해야 야트막한 언덕에 불과하고 아래로 내려오면 모두가 습지로 뒤덮여 있을 따름"이라고 짐짓 마땅찮게 이야기하고 있다.

만금평야의 광대무변에 감동한 이는 주로 문학인들이었다. 백학기 시인은 김제 광활평야를 일컬어 "눈이 모자라 다 못 보겠다."며 경외심을

---

2 위의 책, 80면.

담아 시를 썼는가 하면, 문화유산 답사기로 유명해진 유홍준은 "금만평야에서는 들판이 주는 풍요로움과 아득한 지평선을 바라보면서 일어나는 처연한 심사가 차라리 '이국적'인 느낌으로 다가온다. 이 땅의 풍광을 보면서도 이국적이라는 말이 서슴없이 나올 정도로, 금만평야는 우리에게 새롭고 신선한 감동을 준다."[3]고 이야기하고 있다. 김제시는 이러한 금만평야를 콘텐츠로 내세워 '하늘 아래 유일한 지평선'을 콘셉트로 한 '지평선 축제'를 2000년부터 개최해 오고 있다.

그렇다면 『아리랑』에 등장하는 금만평야는 어떤 모습일까?

김제의 푸른 들판을 배경으로 서 있는 아리랑문학관. 문학관 옆 건물은 폐교를 꾸며서 만든 작가들의 작업공간이다.

---

3 유홍준 외, 『답사여행의 길잡이 1. 전북』, 돌베개.

조정래의 『아리랑』은 넓디넓은 만경들판에 먹구름이 몰려오면서부터 시작된다. "거칠게 휘도는 바람을 앞세우고 탁한 회색빛 구름이 바다 쪽에서 몰려 오"는데, 만경에 살고 있는 민초들(지삼출과 방영근과 감골댁)이 바쁜 걸음을 옮기고 있다.

> 그들 세 사람은 걸어도 걸어도 끝도 한정도 없이 펼쳐져 있는 들판을 걷기에 지쳐 있었다. 그 끝이 하늘과 맞닿아 있는 넓디나 넓은 들녘은 어느 누구나 기를 쓰고 걸어도 언제나 제자리에서 헛걸음질을 하고 잇는 것 같은 착각에 빠지게 만들었다. 그 벌판은 〈징게 맹갱 외에밋들〉이라 불리는 김제·만경 평야로 곧 호남평야의 일부였다. 호남평야 안에서도 김제·만경 벌은 특히나 막히는 것 없이 탁 트여서 한반도 땅에서는 유일하게 지평선을 이루어내고 있는 곳이었다.
>
> —『아리랑』 1권, 11면

그러면서 대동여지도를 만든 김정호의 이야기도 문장 가운데 슬쩍 끼워 넣었다.

> 일찍이 대동여지도를 만들어 선각의 위업을 홀로 세우고서도 어리석기 짝이 없는 왕에게 죽임을 당한 김정호 선생은 대동여지도를 엮어내기 위해 반도 땅 전체를 일곱 차례 이상 샅샅이 답사하면서 호남평야에 발을 디딜 때마다 그 가이없이 넓

은 벌에 무릎 꿇고 이마 대어 고마움의 절을 올렸다는 것이다. 그분은 험산준령이 반도 땅의 칠 할을 넘게 차지하고 앉은 것을 누구보다 잘 알았고, 그 척박한 땅에 다행히 호남평야가 펼쳐져 있어 거기서 나는 곡식으로 이 땅의 목숨 칠 할이 먹고 산다는 것도 알았으므로 그렇게 절을 올릴 수밖에 없었는지도 모른다.

—『아리랑』1권, 12면

조선 팔도를 다 돌아다녀본 김정호가 "무릎 꿇고 이마 대어" 절을 올릴 만큼 대단한 경외의 땅이 바로 금만평야인 것이다. 조정래의『아리랑』에는 금만평야의 4계가 아름답게 묘사 돼 있다. 그 시작은 초여름이다.

초록빛으로 가득한 들녘 끝은 아슴하게 멀었다. 그 가이없이 넓은 들의 끝과 끝은 눈길이 닿지 않아 마치도 하늘이 그대로 내려앉은 듯싶었다. 그 푸르름 속에서 일하고 있는 사람들은 움직임을 느낄 수 없는 채 멀고 작은 점으로 찍혀 있었다. 그런데 그 넓은 들은 한낮의 생기를 잃고 야릇한 적요 속에 가라앉아 있었다. 초록빛 싱그러움을 뒤덮으며 들판에는 갯내음 짙은 바람이 불고 있었던 것이다.

—『아리랑』1권, 9면

8월을 앞둔 들녘의 푸르름은 절정에 이르러 있었다. 색깔이 너무 짙어 검은기마저 감도는 그 초록의 들판은 단순한 초록색이 아니었다. 살찐 벼들의 부피감으로 하여 보드랍고 폭신하고 두툼하고도 묵직한 질감의 초록색이었다. 거기에 햇빛까지 가미되어 초록색은 싱싱하고 풋풋하고 싱그러움이 생동하고 있었다. 어느 화가가 그런 생명감 넘치는 생동적이고 약동적인 색깔을 낼 수 있을까. 그건 인위적인 색깔이 아니라 자연의 색깔이었다. 그러한 색감에다가 그것이 모두 식량이라는 생각까지 곁들이게 되면 그 초록색 들판은 누구에게나 한없이 넉넉하고 푸짐하면서도 경건하고 겸손한 마음까지 품게 했다.

—『아리랑』 1권, 143면

들녘은 온통 황금빛으로 넘치고 있었다. 여름의 그 짙은 초록빛은 다 어디로 바래고 끝간데없는 들녘은 정말 금을 녹여 붓기라도 한 것처럼 황금빛으로 물들어 있었다. 그러나 그 황금빛에는 진짜 금빛이 품고 있는 현란하면서도 고아하여 거만스럽고 도도해 보이는 그 이상야릇한 광택은 없었다. 광택이 없는 들녘의 황금빛은 수수하고 친근했으며 푸짐하고 넉넉했다.

하늘은 사람의 목숨줄을 이어가는 알곡의 소중함을 일깨우려고 그런 황금빛 포장을 한 것일까. 아니면, 하늘은 진짜 금이라고는 만질 기회가 없는 가난한 농부들의 마음을 헤아려 그런 황금빛을 흠뻑 내리는 것일까. 그렇지 않으면, 여름의 폭염 속에서 농부들이 수없이 떨군 피땀을 벼들이 빨아들여 피땀에 숨겨진 붉은색이 초록색과 섞이게 되면서 초록색은 서서히 황금색으로 변하게 된 것이었을까. 그러나 정작 농부들은 그 누구도 그런 이상한 생각 같은 것은 하지 않았다. 그저 들녘의 여름옷은 초록색이고 가을옷은 황금색이겠거니 여기며 무감한 듯 가을걷이 준비를 할 뿐이었다. 그들은 자연과 계절의 변화에 순응할 뿐이지 초록색이 왜 황금색으로 변하는지 그 까닭을 굳이 알려고 하지 않았다.

—『아리랑』1권, 213면

들녘의 겨울이 깊을 대로 깊어져 있었다. 끝없이 펼쳐져 나가다가 하늘과 맞닿으며 아슴푸레하게 지평선을 이루어내고 있는 들판은 진한 회색빛이었다. 마치도 눈을 품은 겨울하늘이 그대로 내려앉은 듯한 넓고 넓은 회색빛 들판에는 그 깊이를 헤아릴 수 없는 적막만이 가득했다. 벼그 루터기만 남은 들녘에는 사람의 모습 하나 보기가 어려웠다. 그래서 들녘은 더 쓸쓸하게 넓어 보였고 적막은 태고의 신비로움을 품고 사무치게 깊었다.

(…중략…)

들녘은 그 깊은 적막을 덮고 겨울잠을 자고 있었다. 그 모습이 진회색이라서 잠도 회색빛일 듯싶은 광막한 들녘에서 맘껏 호기를 부리는 것은 북쪽에서 불어닥치는 찬바람뿐이었다. 추위를 실어오는 찬바람은 허허로운 벌판에서 아무런 거칠 것이 없이 달음박질치고 휘돌고 맴돌았다. 그런데도 들녘은 그다지 황량하거나 살벌하지는 않았다.

—『아리랑』1권, 246면

이렇듯 금만평야는 검은색에 가까운 초록빛에서 "금을 녹여 붓기라도 한 것처럼" 노오란 황금빛으로, 다시 적막한 회색빛으로 변해가며 "우리 국민들의 칠 할을 먹여 살려" 왔던 것이다.

소설『아리랑』의 주 무대는 군산과 만주이고, 미국(하와이) 역부로 끌려간 방영근의 이야기가 교차 구성방식으로 진행되지만, 그 이야기가 시작되는 지점은 김제 죽산면 내촌마을이다. 금만평야 어디나 그렇지만 죽산면은 "들은 흔하고 산이 귀한" 들판의 한가운데 자리 잡고 있다. 내촌마을은, 김제에서 부안으로 가다 보면 죽산면 소재지에 못 미쳐 왼쪽에 자리한 마을이다.

조정래의『아리랑』이 시작되는 공간이 바로 이곳 김제시 죽산면 내촌마을이다. 시간적으로는 일제가 통감부를 설치하기 1년 전인 1904년부터 항복을 선언한 1945년까지, 41년간의 민족사를 다루고 있다. 혹자는 조정래를『아리랑』을 일컬어 '소설로 쓴 만인보'라는 평을 내리기도 하는데, 고은 시인의 장편서사시『만인보』가 시로 쓴 민중의 역사라면, 조정래의『아

1904~1945년까지 41년간의 민족사를 다루고 있는 대하소설『아리랑』

리랑』은 소설로 쓴 만인보라는 얘기다.[4]

　『아리랑』에 등장하는 인물은 주요인물로만 따져도 마흔 명이 넘고, 그 이야기의 얼개도 동학농민혁명에 뿌리를 두고 독립운동사까지 연결돼 있다. 하기는 1904년이라면 동학혁명이 발발한 이후 겨우 10년이 지났을 뿐이다. 아버지가 동학에 가담하여 숨지는 바람에 숨 한번 제대로 쉬지 못하고 살고 있는 감골댁 일가의 이야기는 식민지시대 우리민족 누구나 겪었을 법한 핍진성으로 독자들을 울린다.

　감골댁 일가의 이야기가 무수한 민초들을 대변한 이야기라면, 송수익, 공허, 지삼출, 방대근, 이광민으로 이어지는 의병들의 이야기는 일제하 독립운동에서 빨치산 투쟁으로 이어지는 기나긴 무장투쟁의 역사를 보여준다.

　『아리랑』에는 국내 독립운동의 다양한 스펙트럼이 제시되어 있다. 신세호와 유승현은 계몽적 민족운동을, 송중원은 문화운동을, 정도규, 허탁, 고서완 등의 인물은 농민·노동자 운동을 보여준다. 아울러 이 소설에는 박병진과 그의 아들 건식을 중심으로 하여 토지를 빼앗긴 농민들이 땅을 되찾기 위하여 끈질기게 투쟁하는 과정, 이들의 투쟁이 다양한 노동전선으로 분화되어 가는 과정이 담겨 있다.[5]

　이러한 이야기들이 명멸할 때마다 금만평야와 군산일대의 풍경은 수시로 변화하면서 미래를 암시한다. 소설의 주 무대가 되고 있는 군산의 풍경은 이렇게 묘사되고 있다.

4　전북문학지도간행위원회, 「땅이 곧 하늘이다. 김제」, 『땅은 바다를 안고』, 2004.
5　위의 책, 149면.

폭넓은 금강포구에 바닷물이 가득 실려 있었다. 만조를 이루고 있는 포구는 더욱 넓어 보였다. 만조를 따라 서쪽으로 열려 있는 바다도 한결 넓게 펼쳐지고 멀고 가까운 섬들을 더욱 포근하게 감싸고 있었다. 썰물과 밀물의 차이가 심해 섬들은 썰물 때는 커져 보이고 밀물 때는 작아져 바다에 안긴 듯이 보였다. 포구 건너편으로는 산줄기 하나가 열서너 개의 그만그만한 봉우리들을 이루어내며 해변 쪽으로 뻗어가고 있었다. 그 산줄기가 끝나는 어름에 꽤 큰 마을이 자리 잡고 있었다. 충남 장항이었다. 충남 장항과 전북 군산은 서로 빤히 바라보고 있으면서도 먼 사이였다. 포구가 가로놓여 뱃길이 아니고서는 오갈 수가 없는 탓이었다.

포구에 바닷물이 가득 실려 있을 때 군산 쪽에서 바라다보면 건너편의 낮춤한 산줄기는 바닷물에 그대로 비쳐드는 듯한 정취를 자아냈다. 섬들을 품고 서쪽으로 펼쳐진 바다, 아슴하게 멀고 긴 수평선, 그리고 그 산줄기는 서로 어우러져 그지없이 아담하고 고운 풍광을 이루고 있었다. 그 풍광은 어느 때나 사람의 마음을 끌어당겨 머물게 하는 힘을 지녔지만 특히 빼어난 아름다움으로 치장할 때는 따로 있었다. 물안개가 잠포록이 끼었을 때, 노을이 낭자하게 불붙었을 때, 달이 한적하게 기울 때가 그때였다. 물안개가 자욱하게 피어나는 이른 아침이면 그 풍광은 더없이 황홀했으며, 빛이 사위어가는 달이 적막 속에 기울어져 가고 있을 즈음이면 그 풍광은 그지없이 환상적이었다. 그러나 비가 내리는 날은 비가 내리는 대로 애상적이었고,

눈이 내리는 날은 눈이 내리는 대로 허무적이었다.

그리고 산줄기는 끊긴 듯 이어진 듯하며 동쪽으로 어미줄기를 찾아 뻗어가고 있었는데, 그 오른쪽으로는 들판이 널따랗게 펼쳐져 나갔다. 바다와 대칭을 이루고 있는 그 벌판 가운데도 기다란 몸짓을 지으며 유유하게 흘러내리는 물줄기가 금강이었다. 몇백 리인지 모르게 굽이굽이 흘러내린 금강이 제 몸을 바다에 풀어 맡기는 지점에서 오른쪽 포구에 장항이 자리잡았고 왼쪽 포구로 군산이 앉아 있었다.

(…중략…)

깃을 세우고 몰려드는 밀물이 남성이라면 잔잔하게 빠져나가는 썰물은 여성이었다. 바다의 힘은 금강을 백 리까지 거슬러 올라갔다. 그래서 금강 하구 백 리와 거기에 이어지고 있는 수많은 개울가에는 소금기를 먹고 사는 바다갈대가 무성하게 피어올랐다. 무성한 갈대숲 밑은 으레 뻘밭이었고, 거기서는 바닷게며 바닷지렁이 같은 것들이 곰살스럽게 살아가고 있었다. 가을이 되면 그 갈대숲은 푸른빛 엷게 감도는 하이얀 꽃들을 탐스럽게 피워내 꽃의 바다를 이루었고, 바람결 따라 물결지어 내는 그 하이얀 꽃바다는 일대 장관이었다. 그리고 겨울이 오면 갈대숲은 멀고 먼 길을 날아온 철새들의 보금자리가 되었다.

—『아리랑』 1권, 107~108면

대하소설 『아리랑』의 작가 조정래. 아리랑문학관 소장

지금 군산은 새만금 중심·거점 도시로 부푼 꿈을 안고 있다. 새만금 사업을 계기로 인구 50만 도시를 만들겠다는 꿈도 그리 과장된 것은 아니다. 일제시대의 군산은, 적어도 도시의 번영만을 놓고 본다면 최고의 시기를 구가했다. 일제식 가옥이 들어서고 인력거가 도로를 가득 메우는가 하면, 일본 게이샤들이 남정네들을 유혹하는 환락의 땅이기도 했다. 민초들에게는 '그림의 떡'이요, 원망스럽기 그지없는 공간이었지만 일제와 그 앞잡이들에게는 최고의 장소였던 것이다.

이 군산을 공간적 배경으로 하여 일제의 수탈사가 징그러울 정도로 세밀하게 묘사되기 시작한다. 백종두, 장덕풍, 장칠문 등 일제의 앞잡이가 전면에 등장하고, 그 배후에 일본인 지주 요시다와 하시모토가 있다. 한일합방 이후 8년간 진행된 토지 조사사업은 우리 민족의 경제적 생존권을 깡그리 박탈한 사건이다. 이 사업이 완료된 1918년 6월에 이르면 조선총독부가 조선 땅의 45%를 차지하게 된다. 토지조사사업 때문에 3·1운동이 일어났다고 해도 과언이 아닐 정도로 일제는 잔인하게 조선의 땅을 수탈했다.

이 사업이 진행되는 동안 갖가지 방법으로 땅을 늘린 사람이 일본인 지주 하시모토다. 하시모토는 당시 심세군 죽산면의 질반 이싱을 차지한 대지주가 되는데, 익산 춘포, 김제 죽산, 군산 대야에 각각 사무실을 둘 정도로 그 범위가 광대했다. 하시모토 농장 사무실은 지금도 남아있어 수탈의 역사를 증명하고 있다.

특히 호남평야 일대에서 자행된 일제의 수탈은 그 강도가 심했다. 원래 땅을 소유했던 농민들의 대부분이 이 시기에 소작농으로 전락했다. 『아리랑』 도입부에 보면, 감골댁의 돈 2원을 잔인하게 떼어먹는 장칠문과 일본인이 나오는데, 대부분 말도 안 되는 억지와 강짜로 전답을 빼앗고 돈까지 유린해 갔다.

1914년 자료에 의하면 전체 가구 수의 1.8%에 불과한 지주가 우리나라 경지면적의 51.1%를 소유했고, 소작료는 최고 39%에서 90%에까지 이르렀다. 전국적으로 소작농의 비율이 40%일 때 전북은 68%였고, 자작농이 전국적으로 19%일 때 전북은 5.8%에 불과했다. 전북이 전국 최대의 경작지였음을 감안한다면, 이 지역에서의 경제적 수탈이 얼마나 극심했는지 알 수 있다.[6]

『아리랑』 집필 당시 작가가 사용했던 신발과 가방, 장갑

6 김성환 외, 「새만금 문화권, 생명의 물림과 상생의 숨결」, 『개벽과 상생의 문화지대 새만금 문화권』, 2006.

『아리랑』 1권 말미에 보면 일본지주 앞잡이 백종두가 하시모토를 첫 대면하는 장면이 나온다.

"백상, 인사하시오. 이번에 일로전쟁을 승리로 장식하고 우리 군산에 기항한 군함을 타고 오신 분이오. 일로전쟁에서 통변을 맡아 혁혁한 공을 세우신 하시모토상이시오."

쓰지무라가 마주보고 앉은 남자를 소개했다.

"아, 그러십니까. 처음 뵙겠습니다. 저는 백종두라고 합니다."

백종두는 머리를 깊이 숙였다. 그러나 그의 빠른 눈길은 차갑게 상대방을 훑고 지나간 뒤였다.

군인냄새는 안 나면서도 어딘가 냉혹한 느낌을 주는 인상. 서른이 되었을까말까 한 나이에 비해 침착한 태도. 백종두는 예삿것이 아니라고 생각했다.

"내가 일부러 백상을 소개하는 건 다른 게 아니오. 우리 하시모토상이 여기 군산이 마음에 들어 자리를 잡아볼까 하는 의향이 있어서 믿을 만한 현지인으로 백상을 소개하게 된 것이오. 자리를 잡자면 여러 가지 필요한 게 많을 테니까 백상이 특별히 신경 써서 적극적으로 돕도록 하는 게 좋겠소."

쓰지무라의 말을 들으며 백종두는 또 빠른 눈길로 하시모토를 훑었다.

건방진 놈, 군산 땅에 발 디딘 지 며칠이나 됐다고 마음에 들고 말고냐.

백종두는 아니꼬운 생각부터 들었다.

"아 예, 그러십니까. 우리 군산이 마음에 드신다니 무한 영
광입니다. 미력이나마 도울 수 있는 일이면 무엇이든 다 도와
드리겠습니다. 그런데…… 군산의 무엇이 마음에 드셨는지요?"

백종두는 속마음은 싹 감추고 겸손을 가장해서 이렇게 말했다.

"예에, 군산은 풍광도 좋고, 발전일로에 있는 것도 마음에
듭니다. 그런데 더 마음에 드는 것은 군산이 아니라 군산 뒤로
자리 잡고 있는 넓고 넓은 들판입니다. 그 들판은 말로만 듣던
것보다도 훨씬 더 좋습니다."

하시모토는 웃음을 지어보이며 대답했다.

"넓은 들판이라는 것이 첫 보기에는 좋을지 몰라도 자꾸 보
면 싱겁고 지루합니다. 좋은 구경거리는 못 되지요."

백종두는 상대방의 의중을 캐내려고 일부터 말덫을 놓았다.

"어허, 누가 들판을 구경거리로 삼아 살겠다는 거요. 그 들
판을 무대로 농장을 차리겠다는 뜻이지."

쓰지무라의 성급한 답변이었다.

—『아리랑』 1권, 288~289면

이렇게 시작된 하시모토의 조선 땅 수탈 작전은 일제가 패망한 그 순
간까지 지속된다. 한국을 식량생산기지로 삼으려는 일제의 식민정책은
필연적으로 군산항 강제개항을 불러왔고, 곧이어 전군도로 개통과 익산
-군산간 철도 개통으로 이어진다. 식량 수탈을 위한 준비가 차곡차곡 진
행되었던 것이다.

왜놈들 앞잡이인 장칠문의 면상을 '박치기' 한 죄로 철도노역에 끌려간 지삼출은 "해가 뜨기 전부터 시작되어 긴 여름해가 지고 어둠살이 내려서야 끝이" 나는 철도 강제노역에 동원된다. 노역자들은 노동요를 통해 식민백성의 설움을 달랬다.

부모형제, 상봉가세
철도공사, 지옥살이
누굴위해, 골빠지나
묻지마라, 뻔헌대답
왜놈발에, 발통달기
어얼덜러, 어야데야

철도공사를 일컬어 "왜놈발에 발통달기"라고 일갈하는 것이 민초들의 정신이었다. 자신의 노동으로 왜놈발에 발통을 달아주는 심정이 오죽했으랴. 왜놈발의 발통은 또 하나 있었다. 바로 '신작로'였다. 처음 들어보는 '신작로'라는 말에 농민들이 들썩거렸다.

"신작로라는 것이 시방 쓰고 있는 질보담 네 곱이나 더 넓게 자리잡는다는 것이여."
"머시여? 날이 날마동 임금님 행차가 있는 것도 아니겄고 그리 넓은 질 맨들어서 어디다 써묵자는 것잉고?"
"거 머시라냐, 자동차라는 것이 양쪽으로 맘대로 왔다리 갔다리 허게 헐라먼 그리 넓게 맨들어야 한다는 것이여."

　"보세 보세. 질이 넓어질수록 그맨치 논덜이 죽어없어지는 것 아니라고?"

　"그야 더 말하면 멀형고."

　"글먼 그 논값은 어쩔 심판인고? 나라에서 다 물어줄랑가?"

　"자네 시방 자다가 봉창 뚜둘기는 것이여? 언제라고 나라가 그런 돈 물어주는 것 봤능가?"

　"글먼 재수없는 놈언 신작로로 논얼 뺏게분다 그것이여?"

　"재수 없으면 별 수 있겄어."

　"농토야 바로 사람 목심인디 그리 야박허게야 헐 리라고."

　"무신 태평헌 소리여 시방? 아 철길인가 쇠길인가 놈스로 전답 뺏긴 사람덜 중에 쪽박 찬 신세 된 사람덜이 한둘이 아니란 소문 자네넌 듣지도 못했능가?"

　"어허 큰탈났네. 왜놈덜이 밀려든 담보톰 시상이 어찌 이리 난리굿판으로 시끌시끌허고 어질어질형고."

―『아리랑』 2권, 67면

　이렇게 해서 '전군가도'가 생겨나게 되고 그 길을 달구지들이 왕래하기 시작한다. "그 달구지들은 볏섬을 가득가득 싣고 군산으로 줄을 이었다. 추수가 끝나고 서너 달 동안은 달구지 행렬이 이삼십 리씩 이어지기가 예사였다. 그 볏섬들은 모두 군산에서 정미되어 일본으로 실려 가는 것이었다. 볏섬을 부린 우마차들은 다시 일본물건들을 실어내다 장사꾼들에게 배달하기도 하였다."(『아리랑』 2권, 175면)

어디 그뿐이랴. 전군가도 신작로에 '사쿠라'를 심는다고 농민들을 부역에 동원하기 시작했다. 길 하나, 나무 하나에도 일제의 치밀한 전략이 숨어 있었으니, 속수무책으로 땅을 빼앗기고 나라를 빼앗긴 민초들에게 금만평야와 군산은 원망스럽고 한스러운 지역으로 자리할 수밖에 없었다.

3. '아리랑 · 새만금 관광문화권'을 형성하다

이렇듯 조정래의 『아리랑』 어느 페이지를 펼치든 간에 그 안에는 금만평야와 군산일대, 그리고 만주와 미국으로 건너가 투쟁하고 노역하던 민

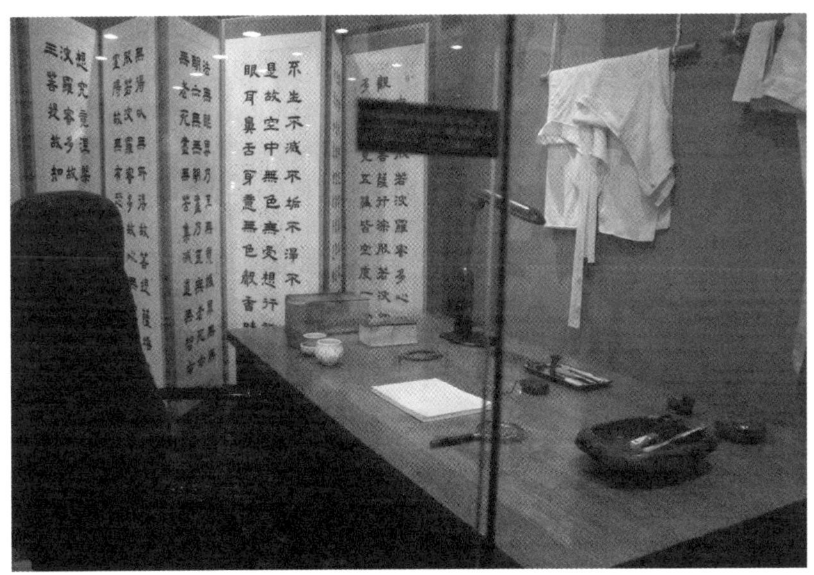

조정래 작가가 집필했던 책상. 돋보기와 염주, 원고지 등이 보관돼 있다.

초들의 삶이 생생하게 그려져 있다. 그런데 최근 반가운 소식이 들려온다. 금만평야와 군산이 새만금 문화권과 완벽하게 일치하기 때문에, 조정래의 소설『아리랑』을 새만금 관광코스와 연계해 개발한다는 소식이 그것이다.

구체적인 내용을 보면, 내촌마을과 같은 주요 배경지에 '아리랑 문학마을'을 조성하고 주변 장소와 연결시켜 이를 '코스화' 시킨다는 것이다.

이는 단지 김제시를 홍보하기 위한 것이 아니라, 새만금 관광자원과 연계시켜 '아리랑·새만금 관광문화권'을 형성하려는 시도이다. 김제시에서는 오는 2012년까지 총사업비 150억 원을 투입해 본격적으로 아리랑 새만금 관광사업을 벌일 계획을 세우고 있다. 그 첫 시작으로, 2009년 3월부터 43억 원을 투자해 죽산면 홍산리 내촌마을 일대 터에 아리랑 문학마을을 조성할 계획이다.

『아리랑』과 관련된 관광지는 문학마을이 조성되는 내촌마을을 비롯해, 부량면에 세워진 아리랑문학관, 죽산면 하시모토 농장 사무실, 금구면 금광지구, 광활면 간척공사장, 금산면 원평천 둔치, 김제역, 금산사, 흥복사, 망해사, 본정통 거리, 신작로 등 모두 13곳에 이른다. 아리랑 문학마을에는 소설 속 생활상을 재현한 일제시대 초가마을, 면사무소, 경찰서, 우체국 등이 세워지고, 연해주 조선마을, 하얼빈역 등 독립운동의 현장이 만들어질 예정이다. 또 일제강점기 사진과 자료를 비롯해 안내판, 홍보물 등을 설치해 리얼리티를 살릴 계획이다.

『아리랑』과 관련해 꼭 들러봐야 할 곳은 아리랑문학관이다. 벽골제 공원에서 빠른 걸음으로 5분쯤 걸으면 될까? 길 건너편에 아리랑문학관이 자리하고 있다. 알려진 대로 아리랑문학관은 조정래의 소설『아리랑』의 문학적, 역사적 가치를 기리기 위해 세운 문학관이다. 소설 『아리랑』의 주요 무대인 김제만경 너른 들을 꼭 바람 부는 평야에서만 만날 수 있는 것은 아니다. 아리랑문학관 안에서도 징게맹게 외에밋들, 그 가슴시린 역사를 만날 수 있다.

혹여 아리랑을 읽지 않았다고 해서 겁먹을 필요는 없다. 12권짜리 대하소설을 친절히 설명해 주고 있기에, 오히려 소설을 읽지 않은 사람이 꼭 들러봐야 할 곳이다. 소설의 줄거리는 물론 몇몇 주인공들의 대사까지 알차게 전시해 놓고 있어서, 마치 누군가 귀에 대고 소설을 읽어주는 듯한 착각이 들 정도다. "그 끝이 하늘과 맞닿아 있는 넓디나 넓은 들

12권짜리 대하소설 『아리랑』을 친절하게 설명해주고 있는 아리랑문학관

녘은 어느 누구나 기를 쓰고 걸어도 언제나 그 제자리에서 헛걸음질을 하고 있는 것 같은 착각에 빠지게 만들어버리니” 그 징하고 징한 김제평야를 문학관 안에서 만나보자.

초록빛으로 가득한 들녘끝은 아슴하게 멀었다. 그 가이없이 넓은 들의 끝과 끝은 눈길이 닿지 않아 마치도 하늘이 그대로 내려앉은 듯싶었다. 그 푸르름 속에서 일하고 있는 사람들은 움직임을 느낄 수 없는 채 멀고 작은 점으로 찍혀 있었다. 그런데 그 넓은 들은 한낮의 생기를 잃고 야릇한 적요 속에 가라앉아 있었다. 초록빛 싱그러움을 뒤덮으며 들판에는 갯내음 짙은 바람이 불고 있었던 것이다.

거칠게 휘도는 바람을 앞세우고 탁한 회색빛 구름이 바다 쪽에서 몰려오고 있었다. 시꺼면 먹구름은 하늘을 금방금방 삼켰다. 그리고 그 두껍고 칙칙한 구름덩어리들은 서로 얽히고 설켜 꿈틀대고 뒤척이며 뭉클뭉클 커져가고 있었다.

—『아리랑』 1권, 9면

1권 첫 부분에 등장하는 ‘탁한 회색빛 먹구름’은 우리나라를 집어삼킨 일제를 가리키고 있으니, 장장 12권 300만 자에 달하는 소설 아리랑은 이렇게 시작된다. 원고지 300만 자가 대체 얼마나 되는지 가늠할 수가 없다고 미리 걱정할 필요는 없다. 아리랑문학관에 들어서면 눈으로 직접 확인할 수 있다. 1층 제1전시실 입구에 세워진 원고탑이 그것이다. 사람

『아리랑』 원고지탑. 300만 자의 원고가 모여서 탑을 이루었다.

키 높이를 훨씬 넘는 원고지의 탑. 그것이 300만 자에 달하는 아리랑의 글자 수다. 그러나 이 대목 앞에서는 300만 라는 숫자가 턱없이 초라해진다.

36년 동안 죽어간 민족의 수가 400만!
2백자 원고지 18,000매를 쓴다 해도
내가 쓸 수 있는 글자 수는 고작 300여만 자!

조정래의 취재수첩에 적힌 이 글귀는, 대하소설을 시작하면서 자신의 의지를 믿을 수 없었던 작가가, 스스로 자기 자신에게 쓴 경고문이기도 하다. 400만 명이 죽어갔는데, 고작 300만 자를 못 쓰랴? 그게 무슨 대수라고!

혹시 작가를 꿈꾸는 사람이라면 조정래의 취재수첩을 꼼꼼히 들여다 볼 일이다. 자고로 작가가 얼마나 독한 존재여야 하는지, 작품 바깥에서 조정래는 생생하게 말하고 있다.

3년간에 걸친 자료조사 기간 동안 작가는 이전에 알지 못했던 충격적인 사실들을 알게 됐고, 그것들은 고스란히 작품 속에 반영됐다. 일제하 토지조사 사업으로 조선의 논밭 45%가 일제 지주의 손아귀에 들어갔는데, 작가는 이를 '대지진'이라는 말로 표현하고 있

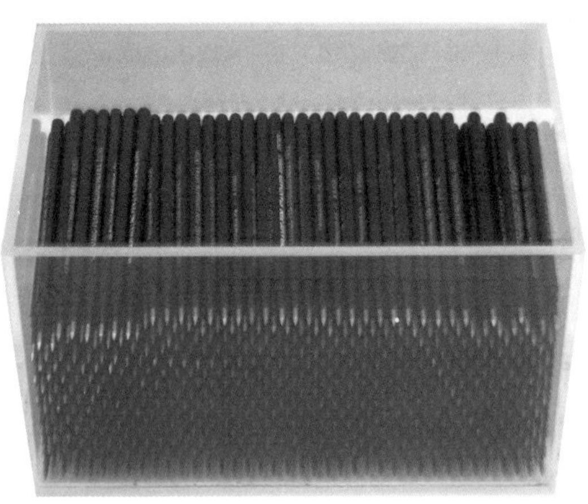

조정래 작가가 『아리랑』 집필에 사용했던 세라믹펜심.

다. 당시 생활상이며 토지형태, 가옥구조, 살림살이까지 꼼꼼하게 그림으로 그려놓은 작가의 취재노트는 작품 이상의 감동을 전해준다.

제1전시실이 아리랑 작품을 소개하고 설명하는 것에 중심을 두었다면, 2층에 있는 제2전시실은 작가의 집필에 관한 내용으로 채워져 있다. 작품 구상에서부터 집필, 탈고의 과정이 작가의 소지품을 통해 세밀하게 재현돼 있다. 날마다 20매씩 달력에 체크해 가며 자신을 담금질하던 작가의 정신을 만날 수 있고, 만년필조차 무거워 선택했다는 세라믹펜의 펜심도 눈에 띈다. 아리랑을 탈고하기까지 세라믹 펜심 586개가 소요됐다고 한다. 그것을 쌓아놓고 보니, 그것 또한 작품이다.

"음마, 눈이 오네!"

마루로 나선 보름이는 문득 중얼거렸다. 흩날리는 눈발을 보자 순간적으로 마음이 반짝하는 반가움이 솟았던 것이다. 그러나 이내 마음은 시무룩하고 무거워져 버렸다.

보름이는 짚신에 발을 꿰며 하늘을 올려다보았다. 어둠살이 느껴지는 하늘에서 눈송이들은 탐스럽게 내리고 있었다.

하얀 눈송이들을 바라보며 보름이는 엉뚱한 생각을 하고 있었다.

저것이 다 쌀이라면 얼마나 좋을까……．

—『아리랑』 1권, 247면

전국에서 가장 많은 쌀을 생산하는 지역이지만, 가장 많은 사람들이 배 곯아 죽어야 했던 땅, 금만평야. 하늘에서 내리는 눈이 쌀이었으면, 하고 하늘을 올려다보는 보름이의 처연한 얼굴이 눈앞에 그려지는 듯하다.

김제를 시작으로 하여 전 세계로 흩어진 이산의 과정을 추적하여 재현 하고, 민족의 고난과 투쟁을 그린 소설 『아리랑』. 아리랑은 곧 지나온 우리의 역사요, 다가올 우리의 내일이기도 하다.

1990년 12월 11일, 한국일보 연재를 시작으로 1995년 8월 해방 50주년 을 맞이하여 전 12권을 완간한 『아리랑』. 같은 해 프랑스 아르마따 출판 사와 출판계약이 체결돼 최초로 프랑스어 완역출간이 이루어지기도 했다.

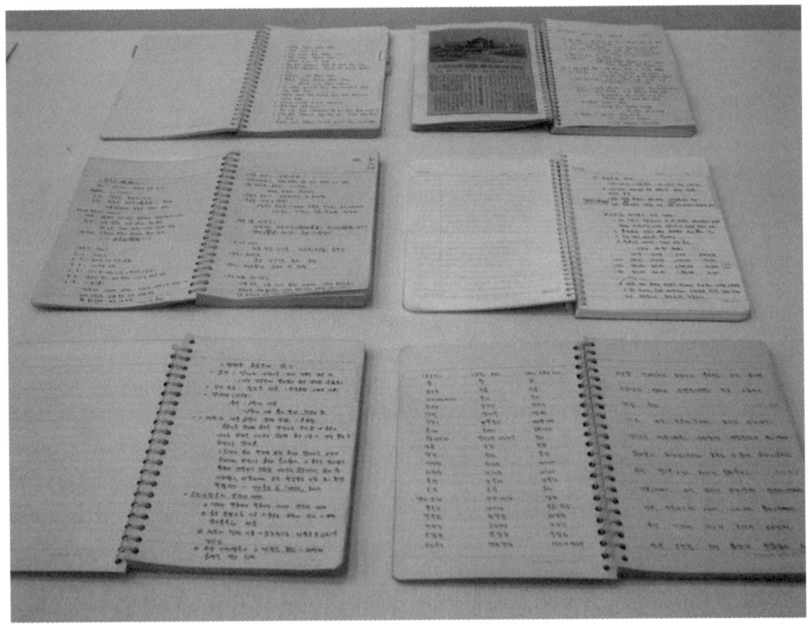

『아리랑』 취재노트

2007년 1월 29일에는 초판 1쇄가 나온 지 13년 만에 100쇄를 돌파했으며, 누적 판매 부수 330만부를 돌파했다. 일제강점기를 다루고 있는 소설 중 일반 독자들에게 가장 널리 읽히고 있는 대표적인 대하소설이다.

이렇듯 영향력이 막강한 소설의 공간적 배경이 '새만금'이라는 사실을 우리가 적극 활용한다면 새만금 일대를 문학기행 1번지로 조성할 수도 있을 것이다.

그런데 작가 조정래는 왜 일제강점기 역사소설의 배경지로 김제를 택했을까? 그것은 말할 것도 없이, 징게맹게 너른 들이 가장 수탈이 극심했던 땅이며, 이곳에서 뿌리 뽑힌 민초들의 삶과 수난과 투쟁이야말로

아리랑문학관에 전시돼 있는 조정래 작가의 작품들. 『아리랑』은 조정래 작가의 작품 중 백미로 꼽힌다.

우리 역사를 대변하는 가장 큰 대표성을 갖고 있기 때문이다.

아리랑이라는 노래가 노동요인 동시에 망향가이며, 만가인 동시에 투쟁가이기도 하다는 사실을 기억해 보면, 아리랑 하나를 가슴에 품고 낯선 땅에서 조선의 독립을 위해 싸웠던 민초들이야말로 아리랑과는 떼려야 뗄 수 없는 '아리랑 그 자체'였다는 것을 알 수 있다.

아리랑은 곧 민초들의 일생이었다. 아리랑을 부르며 일하고, 아리랑을 부르며 고향을 등지고, 아리랑을 부르며 부모 형제를 여의고, 아리랑을 부르며 조국의 독립을 염원했던 사람들. 그들의 정신이 소설『아리랑』속에 살아있고, 지금 세대로까지 이어지고 있는 것이다.

아리랑문학관을 둘러보는 관람객들. 이야기의 방대함과 취재과정의 지난함에 놀라게 된다.

아리랑문학관 관람은 여기가 끝이 아니다. 제3전시실에는 작가의 초상화며 필기구, 가족사진 등이 전시돼 있다. 문학관 전체적으로 보면 조정래 작가와 관련하여 350점 가량의 크고 작은 자료들이 전시돼 있다.

김제에 와서 너른 들을 보고 감탄했다면, 반드시 아리랑문학관에 들러서 그 수탈의 역사를 뒤돌아봐야 한다. 이 너른 땅이 누구의 피를 먹고 간척되었으며, 넓고 풍요롭다는 이유로 얼마나 많은 사람들이 강탈당하고 겁탈당하고 끝내는 목숨까지 잃어야 했는지.

눈이 시도록 밝고 바늘 끝처럼 따가운 햇살 속에 개간된 땅은 핏빛으로 붉은 속살을 벌겋게 드러내고 있었다. 그 땅을 일구면서 그 처연한 색깔만큼 진한 피땀을 쏟아낸 사람들이 마음 합쳐 부르는 길닦음 소리가 그 땅 켜켜이 스며들고 있었다.

길닦음 소리가 끝나면서 상여가 조금 빨리 움직이는 것 같았다. 그런데 누군가가 노래를 시작했다.

아아리라앙
아아리라랑
아아라아리요오
아아리라랑
고오개애로
너머어가안다아

노래는 이내 합창으로 어우러졌다.

구성지고 눈물겹고 서럽고 사무치고 한스러운 가락을 이끌
며 상여는 붉은 벌판 끝으로 느리게 사라져가고 있었다.

—『아리랑』 1권, 336~337면

이역만리 하와이로 끌려가 강제노역에 시달리다 끝내 목숨을 잃어야
했던 우리의 농민들은 아리랑을 부르며 망향과 망국의 서러움을 달랜다.

소설 『아리랑』의 마지막 장을 덮고 나면, 지금 우리의 목숨이 누군가
에게 빚진 것이라는 느낌을 지울 수가 없다. 우리는 이 역사로부터 자유
로울 수 있는가? 여전히 금만평야 너른 들은 말이 없다.

Chapter ❽ 새만금 원주민들의 삶의 서사

― 조현용의 소설집 『파도는 잠들지 않는다』

1. 새만금 담론에 대한 문학적 대응

문학은, 특히 이야기의 처음 중간 끝이라는 완결성을 가진 소설은 가끔 현실보다 더 리얼하게 다가온다. 문학은 간과하거나 잊혀졌던 기억을 다시금 불러내 '지금 이곳'의 현장에 재생시킬 뿐만 아니라 감성의 파장을 일으키는 마력 또한 지녔다. 특히 새만금을 둘러싼 전설과 사람들에 관한 서사, 노래, 영상은 '단군 이래 최대의 간척사업'으로 빠르게 진행되는 대륙의 탄생 과정 속에서 사라지는 자연의 풍경을 기록하고, 새로 태어나는 도시의 기원을 밝혀주는 단서이자 과거와 현재의 문화원형을 살펴볼 수 있는 훌륭한 기록물이 된다. 따라서 새만금과 관련된 서사는 이 시대 추적해봐야 할 하나의 주제가 된다.

새만금 사업은 1987년 12월 10일 당시 대선을 앞둔 민정당 노태우 후보의 선거공약으로 채택되면서 세간의 관심을 끌기 시작했다. 그로부터

새만금 현장에 가면 물막이 공사 완료 후에도 방조제를 다지기 위해 분주히 오가고 있는 덤프트럭을
지금도 쉽게 볼 수 있다.

4년 뒤 1991년 11월 28일 간척공사 기공식과 동시에 사업의 첫 삽이 떠졌다. 그러나 당초 2004년 사업완료 계획은 실현되지 못했다. '개발이냐 환경이냐'라는 사회적 논쟁의 틈바구니와 법정 다툼 속에서 공사 중단과 재개를 반복해야 했기 때문이다. 2007년 4월, 겨우 물막이 방조제 공사가 끝났다. 그러나 새만금에 대한 토지 이용 구상은 아직도 확정되지 않은 채 농지와 복합단지 비율조정, 수질보전대책 등을 두고 정치적, 경제적, 환경적 공방이 지속되고 있다. 앞으로도 새만금 지역은 반세기 정도가 지나야 비로소 사람들이 바다를 메운 땅을 딛고 정착할 것이라는 전망이 나온다. 어쨌거나, 새만금 간척사업은 불과 몇 년만에 한국의 지도를 바꿔 놓았다. 그리고 특별법과 경제자유구역지정 등으로 지도의 변화는 앞으로 더욱 가속도가 붙을 예정이다.

그런데 우리사회에서 새만금 간척사업에 대한 의미망은 참으로 다양하다. 개발론자에게(특히 인간이 살고 있는 육지 개발론자 말이다) 새만금 사업은 쓸모없는 바다를 매립해 미지의 땅이자 기회의 땅으로 탈바꿈하는 필수적 과정이다. 이들에게 이 사업은 속도전으로 빨리 끝낼수록 좋다. 그러나 환경론자에게 새만금 사업은 바다와 자원을 죽음으로 이끄는 공사이다. 따라서 되도록 이 사업은 느리고 천천히 곱씹으면서 진행되어야 할 사안이다. 누군가에게 갯벌은 사라져 없어져야 하는 가치이고, 누군가에게 갯벌은 안타까운 공간이며 지켜야할 가치이다. 그런데 실제 그곳에서의 의미망은 어떻게 형성돼 흐르는가.

군산시 옥서면 하제포구 '까침바우'라는 작은 마을에서 유년시절을 보낸 조헌용은 개발론자와 환경론자 사이를 가로지르며 그 갯벌, 그 바다, 그 뭍에서 실제 살고 있는 원주민들의 목소리에 귀를 기울인다.

『파도는 잠들지 않는다』의 배경이 된 군산시 옥서면 하제포구. 머지않아 이곳도 곧 뭍으로 변할 것이다.

2003년 발행된, 조헌용의 연작소설집 『파도는 잠들지 않는다』에는 총 8편의 중·단편이 실려 있다. 서사는 바다에서 육지로 변해가는 '과정 중'의 새만금 일대를 포착한다. 물막이 공사가 완료되기 전, 새만금 보상금이 지급된 직후의 풍경이 담겨있다. 사라져가는 최치원의 전설, 신시도의 풍광, 혼탁해져만 가는 바다의 밀물과 썰물, 오염된 바다로 등허리가 흰 바닷물고기의 존재가 기록돼 있다. 그리고 무엇보다 보상금 지급을 둘러싼 마을 원주민 간의 갈등과 반목, 새만금 간척지에서 떠나지 못하며 과거 맑았던 바다를 추억하는 이들의 힘겨운 삶의 투쟁이 그려져 있다.

「어머니는 어느 강을 흐르고 있을까」에서는 죽은 노모의 뼛가루를 뿌리기 위해 다시 고향 앞바다에 선 방문자의 시선이 그려져 있다. '낯선, 혹은 낯익은' 고향을 다시 찾은 '나'의 시선은 다음 장부터 펼쳐지는 새만금 원주민의 시끌벅적한 삶 속으로 독자를 이끄는 문지방 역할을 한다.

고향 앞바다에 다시 선 '나'의 이야기에 이어, 서울에서 흘러와 어부로의 재인생을 시작해 반평생을 보낸 장씨의 가족이야기가 이어진다. 「바다에 길을 묻다」는 1998년 동아일보 중편 당선작이다. 발표 당시 원제는 「새만금 간척사업에 대한 소고」였다. 이 이야기는 총 3부로 새만금 간척사업으로 멀쩡한 배를 폐선 처리하러 가는 '장씨'의 이야기인 〈배무덤〉, 장씨의 막내아들인 해화의 시선을 통해 신시도 풍경을 그린 〈신시도〉, 장씨의 손주인 초등학생 장한빈의 시각에서 마을의 분쟁을 풀어낸 〈까침바우〉 등으로 구성돼 있다. 이 중편은 장씨의 아내 서울댁이 주인공인 「전국노래자랑」과 장씨가 주인공인 「오늘의 날씨」로 이어진다.

장씨 가족 이외 까침바우에 살고 있는 주민들의 이야기도 펼쳐진다. 「호랑이 시집가는 날」에서는 바다에서 아내를 잃은 성수와 청상과부가 된 복순의 재결합이 그려져 있다. 「뿌리없는 나무」에서는 마을의 어르신인 광팔이영감과 남편을 바다에서 잃은 청수댁의 이야기가 펼쳐지고, 「무화과가 있는 풍경」에서는 새만금 사업으로 바닷일을 할 수 없게 된 마을 주민들의 일상이 서술되어 있다.

한편으로 새만금 공사현장에서 덤프트럭으로 생업을 이어가고 있는 철수의 이야기도 실려 있다. 「고래가 올 때」는 환경갈등으로 새만금 사업이 중단된 시점을 배경으로 한다. 바닷물을 막는 방조제 공사에 일일 노동자로 일하고 있는 철수의 고달픈 삶이 그려져 있다.

소설의 캐릭터들은 종종 회상에 잠긴다. 그들의 회상과 기억을 통해, 과거 풍요로웠던 마을과 새만금 사업 이후 막혀가는 바다와 오염되는 갯벌, 삭막해진 마을 풍경이 대비되어 흐른다.

조헌용의 소설집은 새만금 사업을 둘러싸고 벌어지는 환경이냐 개발이냐는 거대담론의 틈바구니에서, 마을 주민들의 다양한 목소리와 시선을 연작소설 형식으로 담아내고 있다. 이 연작 형식은 새만금을 둘러싼 거대담론을 비집으며 타자화 된 원주민의 목소리를 되새김질하면서 서사 곳곳에 그들의 목소리가 울려 퍼지게 한다.

새만금 사업은 도시 개발론자들에게 성장과 행복의 이미지로 그려지곤 한다.

2. 보상금 지급 갈등, 파괴되는 공동체

조헌용의 소설집에서는 무엇보다 정부 보상금으로 인한 마을사람과 가족 내 갈등이 반복적으로 묘사된다.

새만금 사업을 추진할 당시 정부는 마을 어민들에게 '선보상·후공사'라는 원칙과 충분한 경제적 보상을 약속했었다. 그러나 이에 대한 약속은 지켜지지 않았다. 삶과 노동의 현장이었던 갯벌과 바다 그리고 마을의 곳곳을 공사판으로 내줘야할 인근 어민들에 대한 보상은 공사를 위해 첫 삽을 뜬 지도 한참이 지난 시점이었다. 어민들에 대한 피해조사는 새만금 사업을 시작한 지 두 해 정도가 지난 후에야 이뤄졌고, 막상 보상금이 지급된 후에는 어업 보상 기준과 절차, 지급대상 등에 대한 불만이 제기됐다. 주민들에게 현실에 맞지 않는 보상금을 지급하고 형평성에 어긋나는 보상기준을 적용함으로써 정부와 주민 간, 주민과 주민 간의 갈등은 갈수록 증폭됐다. 보상금 갈등으로 이들의 삶은 급속도로 피폐해졌다.

> 보상은 정말 곶감처럼 나왔다. 간척사업이 시작되고 두 해가 지나면서 보상에 대한 조사가 시삭되었고, 그 이듬해부터 보상이 지급될 것이라고 했지만 한 달, 두 달 미적거리며 늦어지기만 했다.
>
> (…중략…)
>
> 문제는 보상이 나오면서 한결 심해진 어업규제였다. 보상은 십퍼센트쯤이나 이십퍼센트쯤 조금씩 나오면서도, 새로운 면허 발급과 기존 면허 연장을 중지하는 것은 물론이고 이곳저곳

을 어업통제지역으로 묶었다.

—「바다에 길을 묻다」, 39면

「바다에 길을 묻다」에서는 보상금의 직접 대상물인 배의 운명이 그려져 있다. '해화호'의 선장 장씨는 어린 나이에 시골이 싫어 집을 뛰쳐나왔다. 그는 젊은 시절에는 부산, 광주, 서울을 전전하다가 노름빚에 쫓겨 군산 해안가 까침바우에 들어와 어부로 재인생을 살게 된 인물이다. 그러나 지금은 새만금 사업으로 바닷일을 못하게 되었고 어부로서 반편생을 함께한 자신의 배 '해화호'를 폐기처분하러 '신시도'로 가는 길이다. 하지만 가는 도중, 장씨는 차마 배를 폐기 처분하지 못하고 출렁이는 바다 위에서 다시 낚시질을 하게 된다. 비록 오랜만에 걸려들었던 덩치 큰 삼치를 놓치고 말았지만, 바다가 막히기 전까지만이라도 고기잡이를 하겠다는 결심을 한다.

높은 사람들이 아무리 뭐라 해도 바다가 그들 눈에서 뭍으로 바뀌는 날까지 그들은 바다를 버리지 않을 터였다. 아직 바다 밑에는 노랑조개, 피조개, 생합, 소라, 골뱅이, 꼬막이 그들의 믿음처럼 자라고 있었다.

—「바다에 길을 묻다」, 55면

정부는 보상금 지급과 함께 바다를 통제하기 시작하고, 어민들은 보상금을 받았다 하더라도 이제는 위법행동이 된 뱃일을 위태위태하게 이어간다. 보상금 지급에 합의를 했다 하더라도 바다와 배를 바라보는 정부와 어민의 인식은 극단적으로 엇갈리며 평행선을 달린다.[1]

새만금 사업을 추진하는 정부 입장에서 바다는 매립을 위해 구획되고 통제해야 할 대상이다. 보상금 지급시기와 액수야 어떻든 보상금 지급에 대한 주민 합의는 곧 바다에 대한 어민들의 통제권을 정당하게 획득했음을 뜻한다. 이들은 보상금 지급과 함께 통제권을 행사해 어민들의 뱃일을 합법에서 불법으로 규정한다. 멀쩡한 배든 아니면 진작 폐기해야 할 배든 정부에서는 중요하지 않다. 배란 이제 새만금 지역에서 사용가치가 다한 소각해야 할 대상일 뿐이다.

그러나 어민들의 입장에서는 멀쩡한 배를 폐기해야 하고, 아직 출렁이는 바다 위에서 어업을 못하게 하는 정부의 규제는 매우 부당하게 느껴진다. 주민들에게 새만금 사업은 자발적 선택이 아닌 타율적 선택이었다. 바다를 내어주는 대가로 보상금을 받았더라도 어민들에게 배란 반평생을 함께 한 삶의 서사가 녹아있는 존재이다. 따라서 보상금 몇 푼에 함부로 버릴 수 있는 대상이 아니다. 예컨대 장씨의 배 이름 해화호는 막내아이의 태몽을 바탕으로 지어졌다. 그리고 배에 붙여진 해화라는 이름은 장씨의 막내아들에게도 부여되었다. 장씨에게 해화호는 사식인 해화만큼이나 소중하다. 사람과 배의 존재가치가 동일한 궤를 이루는 것이다. 마을 사람들은 배 위에서 생존을 건 노동을 평생 이이왔다. 즉 바다

---

1 본 소설 분석에서는 새만금 지역의 어민들의 삶을 문화인류학적 시각으로 연구한 함한희의 논문을 많이 참고했다. 새만금 지역 어민들에 대해 연구 조사한 함한희의 논문들은 다음과 같다.
「새만금간척사업과 마을공동체의 변화」, 『환경과 생명』, 환경과생명, 2001 여름호.
「사회적 고통을 보는 문화적 시각—새만금지역의 경우」, 『ECO』 2호, 한국환경사회학회, 2002, 5.
「새만금 간척개발사업과 어민문화의 변화」, 『한국문화인류학』 37집 1호, 2004, 한국문화인류학회, 151~182면.

와 배는 그들의 삶의 현장인 것이다.

'배' 위에서의 노동은 온 가족이 함께 해 온 생계활동이었다. 즉, 배를 운전하고 그물을 던져 고기를 낚고, 낚은 고기를 고르고 손질하는 일련의 노동행위는 아버지 1인이 아닌 어머니와 아들 온 가족 구성원이 함께 해야 할 공동의 작업이었다. 그러나 실제, 정부는 배에 대한 소유권을 가진 자, 혹은 맨손어업일지라도 가족구성원 중 어느 한 대표에게만 보상금을 지급했다. 문화인류학자인 함한희(2002)는 새만금 보상과정에 대한 국가의 가족주의를 면밀히 고찰한 바 있다.

새만금사업의 보상과정에서도 한국의 가족주의 특성이 잘 나타나고 있다. 특히 국가가 어민가족을 다루는 문제나 각 개별가족 안에서 보상금을 둘러싸고 벌어지는 문제를 들여다보면 그러하다. 국가에서 어민들에게 맨손어업에 대한 피해보상을 할 때, 국가는 어민개인을 상대로 한 것이 아니라 어민가족에 대한 생활보상금 정도로 인식하고 있었다. 다시 말해서 국가는 국민 개개인이 경제활동의 주체라고 인식하고 그 활동의 가치와 의미를 충분히 인정하여야 함에도 불구하고 그러지 못하였다. 국가는 한 가족 안에서는 경제활동의 주체가 한 사람, 즉 부양자가 있고, 나머지 가족원은 모두 피부양자라는 암묵적인 전제를 하고 있다. 그 결과, 국가는 어민가족에 대해서 보상금 지불을 결정할 때 가족 가운데 한 사람만을 주 대상자로 정하였다. 나머지 가족원에 대한 보상은 자연히 소홀히 인식되었다.[2]

보상금 지급대상에 대한 국가의 가부장적 시각은 곧 가족구성원 간의 다툼을 불러일으키는 원인이 되었다. 작가는 보상금을 둘러싼 가족 내 갈등을 여러 번 반복해 보여줌으로써 이에 대한 심각성을 심층 고발한다.

장씨의 큰아들 혜성은 새만금 사업 전 뱃일을 할 때만 해도 성실한 일꾼이었다. 그러던 그가 새만금 보상금이 아버지에게만 지급되자 아버지에게 "보상받은 돈 가운데 자신이 일한 만큼만 내어놓으라"고 요구한다. 혜성은 보상금으로 도심에서 카페를 하나 차리고 싶어한다. 그러나 장씨는 장사를 한 번도 해보지 못한 혜성에게 선뜻 돈을 내어주지 못한다. 혜성은 자신의 욕망이 좌절되자 아버지에게 뿐만 아니라 마을 어른들에게 술을 마시고 욕설을 퍼부으며 행패를 부리기 시작한다.

또, 맨 마지막에 수록된 「오늘의 날씨」에서는 장씨와 장씨의 아내 서울댁의 갈등이 그려져 있다. 장씨 내외는 '함께 배에 올라 바다와 싸우며' 살아왔다. 바닷일을 할 수 없게 되자 포장마차를 세워 함께 일하고 있다. 장씨는 보상금을 자신의 통장에 넣고 나름의 계획을 세워뒀다. 적금통장에 묶여 있는 보상금으로 땅을 살 계획이었던 것이다. 그러나 자신도 모르는 사이 아내가 통장에 있는 돈을 해약해 죽은 박상길에게 꿔줬다는 사실을 알게 된다. 돈은 이제 돌려받을 수 없게 된 것이다. 급기야 장씨는 "바다를 내어주고 얻은 또다른 삶"의 터전인 포장마차에서 아내와 피튀기는 싸움을 벌이게 된다. '쌍년, 씨발년'이라는 욕설을 퍼부으며 아내에게 "내 돈 어떡할 거"냐고 주먹질을 한다. 아내 또한 이에 질세

---

2 함한희, 「사회적 고통을 보는 문화적 시각―새만금지역의 경우」, 『ECO』 2호, 2002, 274면.

라 "나는 이제껏 공으로 살았간디 자기 돈이야. 내 돈이야, 내 돈. 당신 배 탈 때 나도 배 탔고 당신 죽을 고비 넘길 때 나도 넘겼어"라며 남편에게 '지랄'한다고 악다구니를 늘어놓는다. 보상금 관리 책임을 둘러싼 내외 간의 싸움으로 생계공간인 포장마차 안은 아수라장이 된다. 가족 개개인에 대한 고려가 불충분한 새만금 보상금이 평화로웠던 가족구성원을 분열의 길로 안내하고 삶의 고통을 주는 씨앗이 되고 있는 것이다.

불충분한 보상금액, 여러 번 나눠 지급되는 시기의 문제, 실태조사 등 절차에 대한 불만은 어민가족 뿐만 아니라 마을 내 집단 갈등을 일으키는 원인도 되었다.

어른들이 싸우기 시작한 것은 새만금 간척사업이 시작되고 보상이 나오면서부터다.

(…중략…)

그러니까 보상이 나오면서 사람들은 서로 더 많은 보상을 받기 위해 아옹다옹 싸움을 시작한 거다. 저 집은 얼마를 받는데 우리는 왜 얼마냐? 저 집은 이사를 온 지 얼마 지나지 않았는데 왜 보상을 주느냐? 뭐 처음에는 이 정도였다고 한다. 그러다가 결국엔 김 양식하는 사람들과 조개를 잡는 어촌계 사람들이 싸움을 하게 되었다.

—「바다에 길을 묻다」, 82면

"…기름장사한다고 보상 타먹은 게 목구멍에 걸리지. 오늘

여기서 자리도 좋은 디 소문 좀 내 볼까…… 뭐, 쌍년. 그 목청도 좋은 쌍년은 어디로 다 들어가고 왜 또 아무 말이 없어”

(…중략…)

배 보상이 끝나고 간접보상이 나오면서 버림치로 놔둔 기름통을 내어놓고 기름장사를 한다며 제법 솔찮은 간접보상을 받았던 터였다. 문제가 된 것은 그리고 얼마 지나지 않아서였다. 누군가 가짜 보상 건이 있다며 투고를 했고, 대대적인 조사가 나온다고 했다. 아무래도 불안한 마음을 어쩌지 못했다. 집에 있던 기름통으로 마음이 놓이지 않아 시내 고물상에서 헌 기름통을 더 사다놓았지만 불안한 마음이 쉬 달래지지가 않았다.

―「호랑이 시집가는 날」, 104~105면

간척사업이 시작되고 어느 때부터 조개가 줄고 서로가 서로를 믿지 못하면서 가구를 사용하고, 또 그렇게 자리다툼이 시작되었다. 간척사업에 따른 보상이 나오면서 사람들은 좀더 많은 보상금을 타기 위해서 서로의 눈치를 살피기 시작했고, 차츰 서로가 서로를 믿지 못하고 서로가 서로를 돕지 않았다.

―「뿌리없는 나무」, 138면

힘들고 험한 뱃일을 하는 사람들이 모여사는 마을이나 혼례나 장례 같은 큰일이 아니라도 가족처럼 돕고 가족처럼 나누던 정답고 즐거운 마을이었다.

그러던 것이 간척사업이 시작되면서 더 많은 보상금을 타기 위해 사람들이 몇 패로 나누어지고 마을에는 험담과 시기와 싸움이 끊이질 않았다. 보상이 끝나면서 그런 것들도 점점 줄어들었지만 한번 쌓인 마음의 벽은 여간해서는 잘 허물어지지 않았다.

—「전국노래자랑」, 197면

'어류보다 패류'가 주된 수입원인 까침바우는 인심이 좋았던 '오붓한 마을'이었다. '험한 뱃일'을 해야 했기 때문에 마을 사람들 간의 공동체 의식은 도시민들보다 또 어떤 농촌 마을보다도 단단했다. 어촌의 공동체 의식은 바다와 갯벌에 대한 공동 소유, 자연 환경에 대한 공동 대응, 공동 의례 행사라는 어촌 특유의 문화에서 기인한다. 그러나 공동의 노동 공간인 바다와 갯벌이 새만금 사업에 의해 파괴면서 그리고 그에 대한 대가로 보상금을 받으면서 마을 주민 간, 집단 간 분열이 일어난다. 정부의 보상금액은 그들이 만족할 만큼 충분하지 않았고, '이사 온 지 얼마 안 된' 가구에도 보상금이 지원되는 등 형평성에 문제가 있었던 것이다.

「바다에 길을 묻다」의 3부격인 〈까침바우〉편에는 '양식장'과 '뱃일'에 대한 보상금액의 기준과 차이로 인한 집단 갈등이 그려져 있다. 내용은 이런 것이다. '김 양식장 앞으로 나오는 보상이 조개를 잡는 배 한 척 앞으로 나오는 보상의 열 배'가 넘었다. 김 양식장을 하는 가구는 소수였고 어업활동을 하는 어촌계 사람들은 다수였다. 그리고 마을에 오랫동안 삶의 터전을 일궈왔던 쪽은 김 양식업을 하는 가구가 아니라 조개를 잡는 어촌계 사람들이었다. 김 양식업을 하는 사람들은 지금으로부터 불과 십여 년 전에 들어왔다. 그나마 어촌계 사람들의 이해와 양해 아래 김 양식업을 할 수 있게 된 것이다. 그러나 보상금 지급에서 이러한 마을의 연유와 역사는 고려되지 않았다. 보상금 지급 기준이 부당하다고 생각한 어촌계 사람들은 소수의 김 양식장 집에 지급될 보상금 중 절반을 어촌계에서 가져가야 한다고 주장한다. 이에 김 양식장은 어촌계 사람들을 법원에 고소했고 어촌계도 이에 맞고소로 대응한 상태다. 이들의 법정다툼은 '결국 양쪽 모두 보상을 받지 못하'는 결과를 초래하고 만다. 어촌계 사람들은 배를 처분하고 이미 보상을 받은 상태이다. 그러나 김 양식업

새만금 보상금 문제로 마을 주민 간 갈등의 한가운데 있었던 하제어촌계 사무실

자는 법정 다툼으로 보상금을 지급 받지 못하고 있다. 따라서 김 양식업을 하는 가구에게 이미 보상을 받고도 몰래 뱃일을 하고 있는 어촌계 사람들이 고울 리가 없다. 이들은 어촌계 사람들의 위법 행위를 정부 당국에 고발하고 만다. 갈등의 씨앗은 정부 측에서 제공했지만 이로 인한 피해는 고스란히 주민들이 떠안게 된 것이다. 서사는 이들의 고통을 조목조목 파헤친다.

「호랑이 시집가는 날」에서는 새만금 간접 피해 실태조사가 매우 허술하게 이뤄진 결과를 꼬집는다. 길용호댁과 기름댁은 가짜보상을 두고 반목한다. 기름댁은 수협에서 면세(免稅)기름이 나오기 전 배들의 기름을 대주며 돈을 벌었다. 그러나 시중의 기름보다 싼 면세기름이 수협에서 공급되자 장사를 그만두고 마을 사람들을 상대로 일수놀이를 하던 중이었다. 기름집은 다른 집보다 높은 이자에 담보까지 잡았고, 또 돈을 제 날짜에 갚지 않으면 이웃임에도 불구하고 담보를 처분하기까지 했다. 길용호댁도 기름댁에게 돈을 빌려썼다가 일이 커질 뻔한 일이 있은 뒤로 기름댁과의 관계가 좋지 않은 터였다. 그런데 기름댁이 허위로 이미 접은 기름장사를 여전히 하고 있다며 새만금 간접보상을 받아냈다. 이해관계가 얽혀 있는 상태에서 길용호댁은 기름댁 같은 넉넉한 집안에서 간접보상까지 받은 것이 아니꼽기만 하다. 이에 대한 시기와 질투로 기름댁은 마을사람으로부터 '투고'까지 당하는 수모를 겪고 있다. 그리고 헌 기름통을 갖다놓으며 정부의 '조사'에 대비하고 있다.

비합리적인 피해보상은 새만금 간척사업으로 인해 삶의 터전을 잃어버린 사람들의 상처와 고통을 치유해 주는 대안이기보다 오히려 가족과 마을을 속속들이 파괴하는 근원이 되고 있다. 그러나 이에 대한 적절한 정부의 역할과 개입은 텅 비어 있다.

「바다에 길을 묻다」에서 까침바우 어촌계 사람들은 비합리적인 피해 보상의 실상을 세상에 고발하기 위해 마을입구인 오작교에 불을 지르고 집단행동에 나서기도 한다. 이런 집단행동은 '높은 곳에서 서류만 보고 일하는 그 속도 모르고 일하는 놈' 즉, 탁상행정으로 새만금 사업을 밀어붙이고 있는 정부를 향한 절규인 셈이다. 그러나 이러한 현지 주민들의 외침에 대해 정부는 공권력으로 대처할 뿐이다. 언론 또한 현상만을 보도할 뿐, 어떤 대안도 조정역할도 하지 못한다. 이들의 고통은 개인적 과제로 남고 마는 것이다.

3. 바다에서 육지로, 노동 환경의 변화

과거 간척사업이 시작되기 전 서해안 바다는, 주민들에게 풍요로운 일상을 가져다주는 낙원이었다. 당시 이곳 주민들은 자연의 순리에 따라 노동(뱃일)을 하며, 사람과 자연, 사람과 사람이 더불어 살아가는 넉넉한 삶을 누렸다. 그러나 새만금 사업이 시작되고 바닷물이 흐려지면서, 이들의 삶도 혼탁하게 된다. 무지한 이들은 생의 터전을 잃은 대가가 본인들의 삶에 어떤 영향을 미칠 것인가에 대해 매우 둔감했다. 따라서 마을 주민들은 '기공식에 가서 박수를 치고 일당을 받'거나 쉽게 보상금 지급에 합의도장을 찍으면서도 바다가 막히는 날까지만이라도 '바다와 더불어 살고 싶'은 소망을 품어 보는 등 시대착오적인, 비일관된 행동을 보인다. 바다가 막히면서 환경오염으로 등이 굽은 물고기를 토해내거나 생합 등 조개가 없어지는 것을 목도한 후에야 마을 주민들은 서서히 '보상이

방조제 공사가 진행 중에 있지만 새만금 내측에서 고기 잡는 어선들도 여전히 그곳에 있다. 정부와 자치단체에서는 보상금 지급이 끝났으니 폐선 처리하거나 빨리 외측으로 나가라고 요구하고 있다.

희망을 대신할 수 없다'는 사실을 깨닫는다.

마을 주민에게 새만금 사업은 급격히 일어난 재앙과 같은 것이었다. 따라서 때때로 새만금 사업은 현지 주민들의 삶 가운데 만난 바다의 폭풍우나 거센 파도와 견주어 비교되곤 한다. 자신의 젊음을 바다에 던졌던 광팔이영감은 '아무리 거세게 몰아치는 태풍에도 사람들이 죽어나가던 사변통에도 내어놓지 않았던 배를 새만금에 내어주었다', '마을이 생기고 뱃일로 늙어오는 동안 어떤 태풍도 이렇게 모질고 거칠지는 않았다'고 고백한다.

어민들의 입장에서 새만금 사업은 노동환경의 전환을 폭력적으로 요구하는 것이었다. 정부는 단지 보상금 지급 하나로 이들의 생활터전을 빼앗아버렸고, 생계 수단을 앗아갔다. 사업의 시행 주체인 정부는 현지 어민들에게 삶의 어떤 대안도 제시하지 않았다. 집단 이주 공간이 마련되지 않았기 때문에 보상금은 인근 도시에 집을 사는 데 쓰이곤 했다.

정부 보상금은 쉽게 투기자본으로 흘러들어 갔다. 평범하고 소심한 노인네인 광팔이영감도 투전판에 끼어들 수 있는 분위기가 마을에 형성됐다. 마을 주민 몇몇과 함께 장씨의 장남 혜성도 노름에 미쳐갔다. 이들은 목돈으로 들어오는 보상금을 금새 노름빚으로 없애버리기도 했다. 그리고 노름빚에 쫓겨 육지의 끝마을인 까침바우에서 밤봇짐을 싸고 도망나간 가족이 심심찮게 늘어갔다.

이런 현상은 바다와 육지에서의 자본 형성에 대한 인식차이로 말미암은 것이다. 어촌 마을에서 돈이란, '흔전만전 써도 다음날 배질 한번이면 다시 만질 수 있는' 자본이었다. 그러나 육지 노동에서의 돈은 그렇게 단번에 즉시적으로 획득될 수 있는 것이 아니다. 특별한 능력이나 종자돈

이제 이 어선들도 곧 방조제 바깥으로 이동하거나 폐선 처리해야만 한다.

혹은 땅이 없으면 모으기 쉽지 않다. 한 번의 험한 바다 노동으로 돈과 의 교환가치가 있는 어류와 패류를 획득할 수 있었던 마을 주민들은 한 번의 노름판으로 거대 자본을 낚아 올릴 수 있는 노름에 쉽게 이끌리게 된다. 그러나 그 결과는 비참하기만 할 뿐이다.

새만금 지역 주민들이 새로운 노동 공간에 투입되기 위해서는 기존의 직업관과 경제관의 대전환이 필수였다. 그러나 노동 공간의 전면 전환을 제공한 정부 측에서는 이에 대한 어떤 비전과 교육도 제공하지 않았다. 따라서 마을 주민들은 새로운 노동 공간 즉 육지에서의 경제 활동에 적응하기 위해서 개인 역량에 따라 각자 다른 선택을 할 수 밖에 없다. 다시 불법 공간으로 변화된 바다에 나가 예전에 하던 대로 어업활동을 지속하거나, 심리적 공황상태(노름)에 빠지거나, 허가되지 않은 땅에서 포장마차를 세워 단속의 대상이 되거나 말이다.

「전국노래자랑」에서는 바닷일 대신 새로운 경제적 활동 수단으로 포장마차가 등장한다. 포장마차는 '땅'이 없는 현지 주민들이 방파제 위에 스스로 마련한 유일한 생계 공간이 된다. 장씨의 포장마차가 위치한 '끝집'은 이중적 의미를 지니는데, 육지의 끝 혹은 방파제의 끝이라는 지리적 공간과 한편으로는 생계수단에 대한 마지막 대응 공간임을 상징한다. 그러나 바다를 막아 정부의 땅이 된 매립지과 방파제는 정부 소유로서 끊임없이 단속의 대상이 된다. 이에 마을 주민들은 '저 땅이 본래 누구 땅이었는디'라며 전근대적인 시각을 드러낸다.

어민들에게 바다는 '누구에게나 일한 만큼은 갖게 해'주는 공평한 노동 공간이었다. 그리고 끊임없이 새로운 생산물이 나오는 화수분이었다. 누구의 소유도 아닌 인간과 인간, 인간과 바다가 평등한 공생의 공간이었

새만금 방조제와 인접해 있는 군산 비응항에 가면 선유도, 장자도 등 고군산군도로 들어가는 유람선을 탈 수 있다. 예전에 한적했던 비응항이었지만, 이제는 관광객들로 북적이고 개발을 위한 공사가 곳곳에서 벌어지고 있다.

다. 그렇다고 바다가 사람들에게 모든 것을 내어주기만 하는 존재는 결코 아니다. 어민들에게 바다는 '삶의 젖줄이면서 동시에 죽음의 그림자'인 이중적 존재였다. 「호랑이 시집가는 날」의 주인공 성수는 바다에서 함께 나간 아내를 잃었고, 「뿌리없는 나무」에서 청주댁은 남편 석구를 잃었다. 「바다에 길을 묻다」의 신시도 할머니는 남편과 아들, 며느리를 모두 바다에서 잃었다. 그러나 이들은 바닷마을을 떠나지 못하고 맴돈다. 아내를 바다에서 잃은 뒤 생선은 입에도 안 되던 성수는 복순을 만나 다시 뱃일을 시작한다. 바다를 보면 구역질이 나온다는 신시도의 할머니는 보상금으로 군산에 집도 마련했지만, 막상 떠나지 못하고 섬에 여전히 머물러 있다. 이들에게 바다는 비록 힘들고 고달픈 시련을 준 존재이지만, 자신들이 지나온 삶 그 자체로서 공존하고 있는 것이다.

…다른 건 몰라도 바다만한 벌이가, 특히나 아무것도 가진 것 없는 사람들에게는 그 넉넉한 바다보다 더한 벌이가 없다는 것을 잘 알고 있었다. 여의도의 백사십배 가량의 땅이 생기는 것을 아는 사람들이 왜 그만큼의 바다를 잃는다는 것은 알지 못할까? 땅이야 주인이 있다지만 바다는 그렇지도 않았다. 그저 욕심만 부리지 않는다면, 어처구니없이 성난 파도에 맞서 싸우지만 않는다면, 자연의 순리대로만 살아간다면 바다는 모자람이 없이 누구에게나 일한 만큼은 갖게 해준다는 것을 왜 모르는 것일까?

— 「바다에 길을 묻다」, 54~55면

어민들에게 공평하고 넉넉한 바다와 달리 육지를 기반으로 하는 생계
활동은 매우 고단한 것이 된다. 험한 뱃일을 함께 해 온 노동의 동지는
이제 손님을 빼앗기지 않기 위해, 혹은 조개부릴 자리를 두고 '경쟁'해야
하는 관계가 된다.

예전에 까침바우는 도시로부터 도태되거나 혹은 육지 끝 해안가로 숨
어들어온 사람에게도 새로운 인생을 살게 할 수 있는 마지막 희망의 공
간이 돼 주었다. 장씨도 서울에서 노름빚에 쫓겨 이곳 까침바우에 숨어
들어와 새로운 인생을 살았던 전력이 있다. 까침바우는 오갈 데 없고 상
처받은 외지인을 쉽게 받아들이는 넉넉한 마을이었다. 이러한 인심의 바
탕에는 '바다'라는 노동 공간을 공유할 수 있었기 때문이다. 바다는 특별
한 기술이 없어도 누구에게나 열려 있는 개방된 환경이다. 누구에게나
균등하게 이용할 권리가 주어졌고 '일한 만큼'의 자원을 획득할 수 있는
경제적 가치가 무궁무진한 곳이다. 그러나 '땅'은 독점적 소유권을 바탕
으로 이용되는 공간이다.

마을 주민들의 개방적 태도는 새만금 사업으로 바닷물이 막히게 되
고 주 생업의 공간이 '땅'으로 변하면서 폐쇄적 태도로 돌변하게 된다.
더구나 이들이 기대고 있는 방파제란 정부 소유로 단속과 철거가 반
복되는 불안정한 공간이다. 철거와 존립 사이에서, '땅'에 대한 소유
권이 없는 '불법' 포장마차 주민들에게 생계활동은 그야말로 생존권을
쥔 전쟁이 된다. 「전국노래자랑」에서는 삶의 터전을 '땅'으로 옮겨온
마을 주민들의 폐쇄성이 그려져 있다. 외지인이 자신들의 포장마차
사이에서 터전을 잡으려 하자 주민들은 자신들의 터전마저 빼앗길 위
험을 감수하고 불법신고를 해버린다. 자연과 인간, 인간과 인간의 공

존에 익숙했던 이들에게 육지에서의 삶이란 결코 외지인을 받아들일 수 있는 공간도 마음의 여유를 찾을 수 있는 공간도 아닌 삭막하기만 한 장소이다.

한편 경제 활동을 둘러싼 정부와 주민 간의 충돌은 바다와 육지를 바라보는 근본적인 인식차이에서 비롯된다.[3] 어민들에게 바다는 경제적 가치가 무한한 공존과 평등의 노동 공간이자 삶의 역사가 배어 있는 문화이다. 반면, '땅'을 기반으로 하는 개발론자들에게 바다는 '땅'보다 경제적 가치가 훨씬 떨어진 공간이다. 따라서 하루라도 빨리 땅으로 전환해 활용가치를 높여야할 지대이다. 정부는 육지 개발론자의 입장에서 새만금 사업을 추진하고 있다. 새만금 바다는 낙후된 전라북도의 경제를 활성화시킬 수 있는 '땅'이 돼야 할 공간이자 미래에 닥칠지도 모르는 식량문제를 대비해야 할 공간이다. 바다를 메꿔 다져진 땅은 농지로 이용되거나 복합 산업단지로 이용할 계획이다. 이러한 개발 청사진이 일용 노동자 '철수'에게까지 알려질 만큼 언론이나 대정부 토론회를 통해 대대적으로 홍보되곤 한다. 개발의 주체들에게 바다와 갯벌은 확보하고 구획되어야 할 식민지이다. 따라서 어민의 경제활동과 이에 대한 가치는 은폐되어야 할 '타자'가 된다.

새만금 사업으로 자신들의 과거사를 안고 있는 바다가 서서히 죽어가는 모습을 지켜보는 것은 어민들에게 정신적 고통이 된다. 정부는 이들을

---

3 새만금 사업에서 충돌하고 있는 바다와 땅에 대한 어민과 정부의 인식 차이는 함한희와 강경표에 의해 면밀히 고찰된 바 있다. 함한희·강경표(2007)는 「어민, 환경운동가, 그리고 정부의 바다인식-새만금사업을 둘러싼 갈등을 중심으로」라는 논문에서 새만금 바다가 어민들에게는 생업의 공간과 정체성의 구성요소로, 환경운동가에게는 보존해야 할 자연생태계로 성역화된 영역으로, 개발론자와 정부에게는 비어 있는 공간으로 인식되고 있음을 밝힌다.

위한 치유책이나 프로그램을 필수적으로 마련해야 했음에도 불구하고 텅 빈 채 사업을 진행하고 있다. 어민들의 심리적 고통이나 노동 환경에 대한 부적응은 국가에 의해 자행된 '사회적 고통'임에도 불구하고 원주민 개개의 비극으로 남겨진다.[4] 원주민들은 바다를 내어준 보상금을 집값에, 노름에, 빚 갚는 데 쓰는 등 쉽게 소진해 버리고 바다에서 육지로 탈바꿈한 간척지에서 빈민층으로 전락해 생존권을 지키기 위해 몸부림친다.

4. 환경과 개발담론 사이, 생존권의 대두

「오늘의 날씨」에서는 박상길이라는 인물이 언급된다. 박상길은 밤낮을 가리지 않고 부지런히 일해 많은 돈을 모은 사람이었다. 그러던 그가 새만금 방조제 사업에 투자를 했다. 그러나 환경단체의 여론에 밀려 공사가 중단되자 심한 자금 압박을 받게 되었고 결국에는 죽음에 이른다. 보상금 관리를 둘러싼 장씨 부부의 한판 싸움은 박상길이라는 인물에게 빌려 준 돈을 돌려받을 수 없게 된 것이 결정적 원인이었다. 새만금 공사 중단이 인근 주민들에게 또 하나의 피해가 되고 있는 것이다.

---

4 2007년 6월 국가인권위원회에서는 부안 지역 주민들을 대상으로 부안 방폐장과 새만금 간척사업 전후의 주민생활의 변화와 대형 국책사업 추진과정에서 현지 주민들이 겪은 상처와 후유증에 대한 실태파악에 나섰다. 단 이틀 간의 상담조사와 설문 조사를 통해, 물막이 공사가 끝난 방조제 안 갯벌에서 생계를 이어오던 계화도 주민들의 다수가 갯벌을 잃었다는 상실감과 경제적인 어려움으로 트라우마, 즉 외상 후 스트레스에 시달리고 있는 것이 파악됐다. 이에 국가인권위에서는 국책사업 추진과정에서 주민이 겪은 상처와 후유증에 대해 보다 객관적이고 과학적인 접근과 탐색이 필요하며 그 결과에 따라 치유프로그램을 마련하고, 앞으로 정부가 국책 사업 실시 전후에 이와 같은 사례가 발생할 경우 적극적인 치유책 마련과 함께 예방대책을 검토해야 할 것이라는 의견을 내놓았다. 사회갈등연구소, 「부안사태 4년, 국책 사업 갈등이 남긴 상처, 누가 어떻게 치유할 것인가 토론회 자료집」, 2007. 7.

새만금 풍경. 바다는 새들에게도 생계의 공간이자 안식처이다.

새만금 사업이 시작되면서 바다도 오염되었다.

작가는 「고래가 올 때」에서 우리 사회 새만금을 둘러싼 환경과 개발 논쟁을 돌아본다. 환경이냐 개발이냐라는 극단을 달리는 논쟁은 초등학생 딸아이의 교육현장에서도 다뤄질 만큼 우리 사회 공론화된 쟁점 사안이다. 가정에서조차 아빠(철수)와 딸아이는 각각 개발론자와 환경론자의 시각에서 서로를 설득하려 한다. 아빠는 개발론자의 입장에 서서 새만금 사업의 필요성을 '막연하게 들은' 말을 토대로 전라북도 경제 활성화와 미래 식량문제에 대비하기 위해서라는 말을 해준다. 그러나 딸아이는 아름다운 지구를 미래의 주인인 어린 자신들과의 허락도 없이 환경을 파괴하는 사업이라는 선생님의 설명을 거론하며 환경론자의 시각에 선다.

「고래가 올 때」에 등장하는 덤프트럭 운전기사인 철수에게 새만금 공사는 위태로운 생계현장이다.

막연한 주장을 펼치던 아빠는 어쩌면 딸아이의 주장이 옳은 것인지도 모른다는 생각을 한다.

사실 덤프트럭 운전기사가 돼 새만금 공사장 일터를 전전하는 철수에게 개발론이든 환경론이든 이러한 거대 담론은 중요하지 않다. 철수에게는 '새만금 공사가 먼 미래가 아닌 당장의 삶'이라는 것이 중요할 뿐이다. 따라서 개발론자의 편에 선 것은 단지 일자리 확보 때문이지 그 이상 그 이하도 아니다. 딸아이는 운동화를 사달라고 조른다. 그런데 운동화를 사기 위해서는 덤프트럭으로 노동을 하고 일당을 받아야만 한다. 그러나 일거리는 새만금 공사가 중단된 뒤로 '하늘에 별따기만큼이나 힘이 들었고 어쩌다가 겨우 일자리를 얻는다 해도 며칠이면 끝나고 마는 단발성 일일 뿐이었다'. 덤프트럭의 할부금과 생계비, 아이의 교육비를 마련하기 위해서 철수는 새만금 공사가 재개되기만을 학수고대하는 것이다. 철수에게 새만금 공사는 '밥줄'이고 '생명'이다. '새만금을 믿고 차를 샀고 새만금 공사를 믿고 꿈을 꾸었다'. 그런데 갑자기 환경 갈등으로 공사가 중단되자 당장 살아갈 길이 막막하기만 하다.

한편 철수는 유년시절 물 맑은 마을 앞바다에서 만난 고래를 기억한다. 공사판 현장을 누비면서도 '조금은 거칠한 느낌과 함께 찾아오는 묘한 부드러움'을 가져다준 고래의 촉감을 추억한다. 환경론자나 개발론자 그리고 함께 담론을 펼치는 딸아이도 경험하지 못한 새만금 바다의 추억을 말이다. 철수와 새만금 바다는 환경론자나 개발론자보다 더 가까운 존재인 것이다.

새만금은 개발론자에게 경제 활성화와 미래식량의 기지이다. 환경론자에게는 미래 후손을 위해 보존해야 할 대상이다. 반면, 철수에게 새만금 앞바다는 자라온 유년시절의 토대지만, 당장의 생존의 위해서 어쩔 수 없이 달려야 하는 오늘의 공사현장이다. 따라서 철수와 환경론자의 연대와 공조는 요원하기만 하다.

바다를 잃고 자본주의 사회로 재편입되는 과정에서 마을 주민들은 이제까지 지켜온 생태적 규범, 도덕적 규범 그리고 작업 윤리도 버리고 오로지 생존권을 지키기 위한 몸부림만을 연출하게 된다.

철수는 공사 현장에서 덤프트럭 운전 횟수를 조작해 일당을 부풀려 받는가 하면, 시에서 관리하는 매립용 흙을 빼돌리는 일에 가담하기도 한다. 모의한 일을 동료에게 빼앗기지 않기 위해 신호등을 무시하면서까지 더 빨리 달리기, 모의한 일에서 제외되는 상황이 벌어지자 경적을 울려 모두를 발각되는 위험에 몰아넣기 등 일당을 벌기 위해서는 어떤 일도 서슴지 않는다. 「뿌리없는 나무」의 광팔이영감은 조개를 부릴 좋은 자리를 위해서 '자리 도둑질'을 하곤 한다. 어민들은 혼탁해진 바닷물 속에서 예전에는 잡지 않았던 고기씨알이나 잡어까지 닥치는 대로 잡아들인다. 「전국노래자랑」에서는 '불법' 포장마차를 꾸린 마을 주민들과 철거명령을 수행하기 위해 나온 시청 직원 간의 한판 대결이 펼쳐진다. 포장마차 사람들은 거대 권력에 맞서 세상에서 가장 비천한 물질인 '똥물'을 퍼붓는다. 그리고 크레인과 굴삭기에 자신들의 몸뚱아리를 던져 철거를 막는다. 똥물, 몸뚱아리, 갖은 욕설과 폭력, 악다구니는 거대권력에 맞서는 이들의 마지막 저항수단이 된다.

사회적 규범의 눈으로 볼 때 철수나 광팔이영감, 불법 어선, 불법 포장마차 주민들은 파렴치하고 부도덕한 자들이다. 그러나 이들의 입장에서 일련의 행위들은 모두 '먹고 살기' 위한 생존의 몸부림일 뿐이다.

5. 소멸되는 전설과 과거사, 문화의 붕괴

까침바우에는 최치원의 전설이, 신시도에는 박산(博山)의 전설이 내려온다. 신라 말기 최고학자인 최치원의 전설이나 신시도의 박산에 얽힌 전설은 마을의 형성 과정과 지명의 유래를 가늠하게 해준다. 또 마을의 유구한 역사 현장은 마을 주민들의 과거사가 흐르는 곳이기도 하다. 마을 사람들은 전설을 다음 세대에게 전하며 마을의 고유한 문화적 전통을 이어 나간다. 마을의 구성물 이를테면 나무, 바위, 다리, 땅 등에 얽힌 전설과 역사는 마을의 풍경일 뿐만 아니라 사람들의 정체성까지 구성하

새만금 사업을 위해 부서져 버린 까침바우. 소설의 배경이 된 까침바우는 작가의 집 뒷산에 자리잡고 있다.

217

하는 것들이다. 어촌 마을 사람들은 이름보다는 '칠성호 선주, 영남호 뱃동사, 길용호 아줌, 해화호 손주' 등 배이름으로 호명되어 왔다. 바다를 향해 용신굿을 치르고 까침바우에서 굿을 하며 위기를 넘겼다. 이들은 전설과 신앙을 공유하며 '까침바우 사람들'이라는 문화적 동질성을 배경으로 한 마을사람들로 묶여왔다.

「뿌리 없는 나무」는 마을의 대표적 상징물인 까침바위에 새겨진 주민들의 과거사를 추적한다. 청주댁과 청주댁의 남편 석구는 마을의 전통 의례를 따르지 않았었다. 이들이 이사온 지 서너 해가 지나고 새 배를 장만했

작가는 까침바우가 더 이상 파괴되는 것을 막기 위해 까침바우 바로 앞에 집을 지었다고 한다. 그러나 이 까침바우도, 이 마을도, 마을 사람들도 곧 모두 이곳을 비워야만 한다.

지만 마을 사람 누구나 다 치르는 '용왕님께 작은 치성' 하나 들이지 않았던 것이다. 그러던 중 거센 태풍이 몰아닥쳤다. 방파제가 무너지고 서너 척의 배가 태풍에 휩쓸렸다. 거센 태풍을 잠재우기 위해 '용왕님을 부르는 비손'을 하는 마을 사람들과 달리 석구는 어떤 의례 행위에도 가담하지 않았다. 그런데 어느 날 석구가 타고 나간 청진호가 영영 돌아오지 않았다.

석구의 아내 청주댁은 기독교인이었다. 석구와 마찬가지로 마을 전통의 무속 행위에 동참하지 않았던 그녀였다. 바닷일을 나갔다가 돌아오지 않은 남편을 기다리던 그녀는 이제 성경책을 버리고 그의 죽음을 받아들이는 넋걷이굿을 하게 된다.

물에서 건져진 큰무당의 손을 꼭 움켜잡고 청주댁은 또 한동안 아무런 말 없이 허연 울음만 꺼이꺼이 토해냈다. 썰물때가 되었는지 바다는 소리없이 스르르 제 몸을 비우고 하늘도 어느새 푸른빛을 접고는 저 멀리부터 붉은 단장을 해오고 있었다.

고상이 많았지유? 도대체 이 몰골이 뭐대유? 당신이 그렇게 가믄 나랑 애들은 워쩐대유? 그러고도 당신이 상오, 상미 아빠래유? 인제 나는 워쩐대유‘?

그렇게 투정을 부리고 있었지만 청주댁의 얼굴에는 여린 웃음 몇 줄기 흐르기도 했다.

아이들은 어딨는가? 보이지가 않는구만……

해성호 아줌이 봐주고 있을 거구만유. 걱정 마세유. 아이들은 잘 있은께유. 나가 잘 키울 것구만유. 당신 없이도 나가 잘 키울 거구만유. 틀림없구만유. 약속할 거구만유.

청주댁의 얼굴에 맑은 눈물 몇 방울이 볼을 타고 흘렀다. 두 사람은 그렇게 마주앉아 오랫동안 울고 웃으며 소곤거렸다.

인자 가야겄네. 나 땜시 자네가 고생이 많구먼. 인자 날랑은 잊고 새 사람 만나서 잘 사소. 나도 인자 가면 새 신부 만날라네.

큰무당이 눈을 돌려 마을사람들을 그윽한 눈으로 둘러보았다.

우리 이 사람 잘 좀 부탁합니다. 글면 안녕히들 계시고요.

말을 마친 큰무당이 마을사람들을 향해 큰절을 꾸벅 올리고는 그 자리에서 풀썩 쓰러졌다.

—「뿌리없는 나무」, 155면

위 인용문은 청주댁이 넋걷이굿에 합일돼 죽은 석구의 영혼과 대화를 나누는 장면이다. 이런 청주댁의 넋걷이굿은 개인 행사가 아니다. 풍악을 울리고 길을 놓고, 금줄을 만들고 비손을 하는 등 마을 구성원 모두의 의례가 된다. 굿판이 벌어지는 동안 마을 사람들은 너나없이 죽은 이의 명복과 마을의 안녕을 빈다. 이러한 제의행위를 통해 마을 구성원들은 '카니발적 유대감을 경험하며, 끈끈한 연대감을 형성한다'.[5] 이를테면, 마을 굿은 개인적 위기를 공동의 정성과 공동의 체험으로 풀어내려는 문화적 대응방식인 것이다.

그러나 고유의 역사, 문화, 전설은 새만금 사업과 함께 파괴되고 없어져버릴 위기에 처한다. 현지 주민들에게 새만금 사업은 바다의 죽음과

---

5 류보선, 「탈마법화된 바다, 혹은 바다의 재탄생」, 작품집 해설, 285면.

이로 인한 생태계 변화만 가져온 것이 아니었다. 일시에 그들이 살고 있는 물리적 토대뿐만 아니라 정신적 문화마저 바꿔놓았던 것이다. 경제적 고통에 이어 개인의 과거사가 기록된 마을의 역사물과 전설의 붕괴를 목도해야하는 정신적 고통까지 겪고 있었던 것이다.

이 섬도, 아직 싱싱하고 깨끗한 물고기가 올라오는 이곳도 얼마 안 있어 등 굽은 물고기가 낚싯대에 올라오겠지요. 그때쯤이면 김형도 수범이도 낚시하는 법도 잊어버리겠지요. 그리고 그때쯤이면 박산이었던 이 마을 전설도 사라지겠지요.

—「바다에 길을 묻다」, 71면

새만금 간척사업이 시작되면서 바다를 메운다고 까치바위는 조각조각 부서져서 바다에 실려 나갔다. 삼촌에게 처음 이 이야기를 들었을 때는 마을이 자랑스러웠지만 바위가 부서지는 걸 보고는 어쩌면 거짓일지도 모른다는 생각이 들기도 했다. 그렇지 않고서야 어떻게 어른들은 마을 이름이기도 한 까치바위를 없애고 쓰레기장을 만들었을까?

—「바다에 길을 묻다」, 80면

마을은 바다와 함께 공존하는 공간이었다. 바다의 죽음은 곧 마을의 죽음이고 마을의 죽음은 전설의 소멸로 이어진다.

첫 번째 인용문인 장씨의 막내아들 해화의 독백은 이러한 풍경을 쓸쓸

하제포구에 정박한 배들 위로 둘로 쪼개진 마을의 동산이 보인다. 새만금 방조제를 막기 위해 동산을 쪼개고 돌을 캐냈다고 한다.

히 고백하는 장면이다.

두 번째 인용문은 초등학생 장한빈의 눈에 비친 문화유산에 대한 어른들의 태도이다. 아이의 눈에서 볼때 '까치바위'의 파괴행위는 납득할 수 없는 처사이다. 삼촌으로부터 마을의 전설을 듣고 자부심을 느꼈지만, 지켜야 할 전통 문화유산인 까치바위가 단지 바다를 메우기 위해 무가치하고 무성적인 돌덩이로 치부되는 것에 강한 비판 의식을 드러내고 있다. 이러한 비판의식은 마을의 전통문화를 무시한 정부를 향해 있으면서 동시에 붕괴되는 고유의 문화를 제대로 지켜내지 못한 마을 어른들에게로 향해 있다.

한편으로 「오늘의 날씨」에서는 장씨의 흉내뿐인 고사가 묘사된다. 막혀가는 바다 위에서도 어업을 포기하지 못한 장씨는 '시커멓게 죽어가는 바다에도 아직 용왕님이 살고 있을는지, 몇 해나 더 용왕님의 은공을 받을 수 있을는지' 걱정하면서 배 위에 오른다. 하지만 육지로 변해가는 바다에서 어렵사리 건져 올려진 것은 속이 텅빈 조개껍데기와 돌멩이 뿐이었다. 장씨의 몸은 돌멩이를 끌어올리다 더 이상 허리를 쓰지 못하게 됐고 이후로 다시는 바닷일을 하지 못하게 됐다. 오염된 바다와 장씨의 고장난 신체, 그리고 파괴되는 마을의 전설과 문화는 운명공동체로 작동하고 있는 셈이다.

변해가는 공간에서 '소원을 빌고, 꿈꾸기'의 매개물은, 파괴된 바다와 육지에서 하늘의 '별'로 이동한다. 어린 아이 한빈이는 이제 까칠바위가 아닌 동산에 올라 '싸움도 없고 서로 미워하는 일도 없는 별' 자미성을 찾아보거나, '내 별'을 꿈꾼다. 임영천(2003)은 '별'의 의미를 "갯벌의 상실로 삶의 터전을 잃고 유리방황하게 된 새만금 해역 어민들에게 미래

(에코토피아)를 약속하는 초월의 표상으로서의 자연물로 그 의미를 지닌다."[6]고 분석한 바 있다.

> 막막히 오줌을 누는 장씨의 눈에 별들이 박혀 있는 검은 하늘이 달려들었다. 하늘 밑으로 갯벌이, 먼 곳으로 밀려나간 바다가 담겨들었다. 부르르, 몸을 터는 장씨의 눈 속으로 별똥별 하나가 떨어졌다. 별똥별이 떨어진 바다에서 장씨의 작은 밭으로 마파람이 불어왔다. 그리고 보니 낮에 산 모종들은 어찌되었을까?
>
> —「오늘의 날씨」, 271면

위 인용문은 장씨가 아내와 보상금을 두고 피튀기는 싸움 끝에 아수라장이 된 포장마차 안에서 술이 깬 직후의 상황이다. 극단으로만 치닫는 삶의 현장에서 장씨는 문득 별을 보게 된다. 별똥별이 떨어진 장씨의 작은 밭은 그들의 불법 터전인 포장마차를 허물기 위해 뿌려진 흙더미를 모아 일군 것이다. '별'은 바다를 밀어내고 육지로 변한 소금기 있는 새로운 삶의 현장에서, '흙과 더불어 사는 길'로 이끄는 안내자 역할을 한다. 파괴당하고, 외면받으며, 소외되었던 이들 하위주체들의 삶에 새로운 희망의 상징물인 것이다. 이들 원주민은 다시 흙이라는 자연과 함께 더불어 육지에서 정착하는 법을 스스로 터득해 나가는 것이다.

---

6 임영천, 「한국의 생태소설 연구―조헌용의 한 중편소설을 중심으로」, 『비평문학』, 2004, 397면.

6. 갈등과 투쟁을 넘어, 연대와 희망을 꿈꾸기

장씨의 아내 서울댁은 포장마차에서 생계를 이어가기 위해 송해가 진행하는 '전국노래자랑'에 나가기로 결심한다. 방송화면에서 시장에게 들리도록 송해를 붙들고 까침바우 사람들의 포장마차 이야기를 꺼내볼 요량이었다. 그러나 진행자 송해는 붙들 새도 없이 서울댁 순서만 소개하고 무대 밖으로 사라져 버리고 말았다. 서울댁은 순간 허탈해져서 멍한 상태가 되고, 노래 도중 박자도 놓치고 만다. 결국 '딩동댕'이 아닌 '땡'을 맞고 무대에서 도망치듯 내려온다. 그런데 비록 그녀가 목표달성은 못했더라도, 전국노래자랑에 나감으로써 마을주민들은 화합의 장을 만들게 된다. 한 버스에 함께 타고 시내에 나가며 오랜만에 '흔전만전 잔치를 즐기는 기분'이 된 것이다. 그리고 이후 포장마차를 지키기 위해 함께 '똥바가지'를 들고 단속반에 맞선다. 보상금으로 대립과 갈등이 심했던 마을 주민들이었다. '마음의 벽'은 아직 허물어지지 않았지만, 각각 서사의 결말에 이르러서는 공동의 위기를 '연대'를 통해 돌파하거나 새로운 삶의 희망을 꿈꾸기도 한다.

「바다에 길을 묻다」에서 마을 사람들은 어업권 허가와 합리직 보상을 위해 '단합의 힘'을 보여주자며 집회를 벌인다. 「호랑이 시집가는 날」에서 성수와 복순의 결혼식장은 간접보상으로 흉흉한 마을 풍경 속에서도 마을 주민들이 함께 모여 축복해주는 어울림의 장을 그리고 있다.

「무화과가 있는 풍경」은 묘사나 설명없이 대평호 아저씨와 승리호 아저씨, 전데리, 젊은 청년 철규의 대화로만 구성돼 있는 단편이다. 바닷일을 더 이상 할 수 없는 대평호와 승리호 아저씨는 내기장기로 무료한 시간을 보낸다. 그러나 이들의 대화 속에는 세계화 시대 절대 강자인 미국에 대한 신랄한 비판과 원칙없는 새만금 간척사업에 대한 정부의 정책 실패, 까침바우의 세태에 대한 우려 등이 하층민의 방언으로 생생하게 쏟아져 나온다.

내기 장기 현장에 찾아온 철규는 '집단어업허가제'의 부당함을 전하고 반대 서명을 받는다. 그러면서 수협조합원의 선거가 곧 치러질 것이라는 속내를 비친다. '성스러운 데모' 활동은 순수한 투쟁을 넘어 마을 수협조합원 선거에까지 이용되는 등 변질돼 있다. 새만금 사업은 거대 권력층부터 아래 하층민의 삶에까지 정치적 선거의 이용물이 되고 있는 것이

소설에 등장하는 소망수퍼

다. 이런 사실을 간파한 마을의 어른인 대평호와 승리호, 전데리 아저씨
는 반대 서명에 지장을 찍어주면서도, 정당한 노동 즉 '뱃일'을 하라는
충고를 아끼지 않는다. 그러면서 장기판의 '쫄'에 자신들을 빗댄다.

> 뒤로는 절대로 못 가고 앞허고 옆으로만 댕기는 것이 우리네
> 삶허고 또 그렇게 같을 수가 없고, 혼자서는 별라 힘이 없응께
> 여럿이 함께 이웃허는 모습이 또 우리네 삶이다, 이 말씀이여.
> 우리가 바로 쫄이고 쫄이 바로 우리랑께.
>
> —「무화과가 있는 풍경」, 215면

장기판에서 '쫄'은 어떤 의미를 지니
는가. 장군이나 멍군의 입장에서 쫄은
자신들의 지위와 자리를 지켜줄 최전
병들이다. 최대 권력자의 시선으로 볼
때 쫄은 자신들의 안위를 보호하기 위
해 혹은 세력확장을 위해서는 언제든
지 과감히 버려도 돼는 희생양이다. 그
러나 진행되고 있는 장기판에 따라서
쫄은 승부에 영향을 미치는 결정적인
역할을 수행할 수도 있다. 즉, '쫄'의
모습은 개별 주체로서는 아무런 힘도
의미생성도 하지 못하지만, 주위 구성

마을 입구에 있는 밧데리 집에 대한 이야기도 소설에 있다.

진의 위치와 형세에 따라 상대편의 힘을 꺾는 변혁의 주체가 되기도 하는 것이다.

장기판의 '졸'에 빗대어진 새만금 지역 어민들은 거대 권력의 구획에 의해, 막혀가는 육지의 최전방에 서게 되었다. 그들은 공동체적인 삶에서 모든 것이 사유화되고 구획되어지는 자본주의적 삶 속으로 강제 편입되면서 경제적, 정신적, 사회적 분열을 일으킨다. 그러나 소설 속에서 '졸'의 철학은 '재앙'과도 같이 갑작스럽게 서게 된 삶의 전장터에서도 여럿이 함께 연대해 힘을 합쳐 한발 한발 내딛는다면, 새로운 변혁의 주체가 될 수도 있다는 연대의 힘을 보여준다.[7]

전데리는 점룡과 심한 반목이 있지만, 자신의 딸과 사이가 나쁜 점룡의 아들을 결혼시키기로 결심한다. 승리호 아저씨의 만세력을 빌어 혼일 날짜도 잡으려 한다. 덕분에 바다의 매립으로 쓸모없어진 승리호 아저씨의 만세력은 마을에서 다시 필요한 예언으로 활용가치가 충분한 것이 된다. 전데리는 한 그루의 무화과 나뭇가지에 마을 사람들의 이름을 리본을 만들어 매달아 놓는다. 이는 비록 마을이 반목과 갈등으로 해체의 길을 걷고 있음에도 한 그루의 나무에 어울리게 함으로써 공동체 회복을 바란다는 희망의 메시지를 달아보는 것이다.

자식들의 결혼을 통한 화합은 당대의 극심한 갈등이 다음 세대의 자식(전데리의 딸과 점룡의 아들처럼) 혹은 그 다음 후손인 손주들의 세대(어촌계의 장씨 손주 장한빈과 김양식업을 하는 가계의 딸 슬기처럼)에서 '사랑'을 통해 해소될 수 있음을 암시한다고 볼 수 있다.

---

7 오창은, 「'졸(卒)'의 언어로 풀어낸 새만금 갯벌 이야기」, 『비평의 모험』, 실천문학사, 2005, 111~131면 참조.

7. 생태소설의 지평, 인간과 자연

저자는 실제 하제 포구 끝, 횟집이 즐비해 있고 그 중 '끝집'이라는 식당의 막내아들로 알려져 있다. 저자의 몸에 새겨진 유년의 기억, 부모와 형제, 이웃이 겪었던 이야기가 바로 이 책의 원형이 되고 있다.

소설에 등장하는 인물은 매우 생생하다. 이들의 생명력은 거침없이 쏟아내는 사투리에서, 거친 욕설에서, 온 몸을 던지면서 벌이는 싸움판에서 팔딱거린다.

등장인물의 신체와 내적 풍경은 서사에서 종종 '나무'나 '햇볕', '신시

실제 이야기의 배경이 된 까침바우 마을 풍경

도의 풍경', '오염되는 바다'등과 오버랩 된다. 「어머니는 어느 강을 흐르고 있을까」에서 치매에 걸린 어머니는 아파트 앞 베란다에 알몸으로 나와 '한 그루의 나무처럼 해바라기'에 집착한다. 어머니가 죽은 후 서술자인 '나'도 어머니가 그랬던 것처럼 어머니의 뼛가루를 안고 '베란다에 쪼그리고 앉아 해바라기'를 한다. 얼마 후 죽은 노모의 뼛가루는 그녀의 소망대로 고향 바다에 뿌려진다. 고향 바다는 이제 여느 바다와는 다른, 노모의 몸을 품은 존재가 된다. 「바다에 길을 묻다」에서 장씨의 막내아들 해화는 서울도시에서 실연의 아픔을 안고 고향을 찾는다. 새만금 사업으로 처리되는 배들의 무덤, 신시도의 어슴프레한 풍경은 상처입은 그

하제포구 끝에는 횟집이 즐비해 있다. 그중 '끝집'이라는 횟집이 있는데, 이 횟집 주인의 막내아들이 이 책의 저자이다.

의 내면을 상징한다. 「뿌리없는 나무」에서 광팔이영감은 '자신의 몸 구석구석에 바다가 스며있다는' 생각을 한다. 그리고 「오늘의 날씨」에서 장씨의 고장난 허리는 오염되는 바다와 일체화 된다. 소설집의 제목 『파도는 잠들지 않는다』의 '파도'는 막혀가는 새만금 바다를 상징하는 것이자 바로 새만금 지역의 원주민을 상징하는 것이다. 즉, 작가는 등장인물의 신체와 내면 풍경을 바다와 나무, 햇볕, 섬 등과 병치시키면서 인간 또한 자연 존재물 중의 일부라는 생태학적 가치관을 드러내고 있는 것이다.

등장인물은 문명화되는 사회 속에서, 독점 소유를 강요하는 자본주의적 경제체제 속에서 배제되고 도태된 '타자'로 치부되기 십상이다. 그들의 일상은 어느날 갑자기 위법 행위로 규정당한다. 이들의 저항과 분란은 매우 소란스러운 모습으로 혹은 매우 쓸쓸한 풍경으로 묘사된다.

조헌용의 연작소설집 『파도는 잠들지 않는다』에 대해 평론가 류보선(2003)은 소설집의 해설에서 '새로운 하위주체의 발견'이라는 긍정적 평가를 내렸다. 그는 조헌용의 작품들이 "주변부적이고 시대착오적인 존재들을 사유의 중심으로 격상시킴으로써 한편으로는 수많은 하위주체들에게 침묵을 강요했던 기존의 보편성을 해제"하고 있다고 밝힌다. 평론가 오창은(2005)은 "교감의 언어(방언)와 연작소설 형식을 활용해, 민중주의와 생태주의의 결합을 시도했다"고 규정하며 '사실주의적 생태문학'의 입구에 도달한 작품[8]으로 평가하고 있다. 필자도 이들의 평가에 입장을 같이한다.

21세기 들어 생태계 파괴와 이에 따른 환경문제가 문학적 소재와 관심

---

8 위의 책, 111~131면.

여전히 아름다운 하제포구 풍경이다. 작가는 "환경과 개발이라는 거대담론이 미처 담아내지 못하는 새
만금의 오늘을 이야기하고 싶었다."고 밝힌다.

사로 다뤄지기 시작했다. 새만금 사업은 우리사회에서 '개발이냐 환경이냐'라는 가치관의 갈등을 첨예하게 드러내고 쟁점화시킨 '사회적 계기'가 되었다. 조헌용의 소설집 『파도는 잠들지 않는다』는 거대 담론을 가로지르면서 과거에는 바다의 일부였던 '원주민'을 돌아본다. 이들 '원주민'은 정부와 개발론자 환경론자 그리고 새만금 공사판 현장에서 타자화되어 땅끝에 내몰리며 고통스러워 하고 있었다. 공권력에 쉽게 노출되고 생존을 위해 던져지는 이들의 '맨 몸'과 악다구니를 쏟아내는 이들의 '입'은, 인간과 환경이 공존과 공생의 관계에서 균열과 분할을 거쳐, 식민지적 상하 관계로 재편되는 '과정의 총체'가 된다. 저항과 부적응, 일탈과 재구성, 파괴와 복원 그리고 새로운 공간에 대한 희망을 일컫는 총체 말이다.

1990년대 후반과 2000년대 초반을 중심으로 그려진 이들 주민들의 삶은, 2009년 현재에 이르러서는 어떻게 흐르고 있는지 자못 궁금해진다. 물막이 공사가 완료돼 이곳에 골프장과 카지노가 들어선다는 소문이 들리는 때이다. 하위주체로서 이들의 목소리는 여전히 거대담론에 끼어들지 못하고 오히려 더욱더 희미해져만 가고 있다. 그렇다면, 이들은 소멸되어버린 것일까. 아니 그렇지 않나. 이들은 아직 '잠들지 않았다'. 작가는 이들이 아직도 악다구니를 놓으며 투쟁을 하고 한편으로는 스스로 희망을 일궈내며 오늘을 살고 있다고 말하고 있다.

Chapter ❾ 계화도에서 새만금까지

1. 계화도 간척지와 봉수대

계화도는 전주에서 약 30분 정도면 갈 수 있는 매우 가까운 곳이다. 사실 부안의 유명한 관광지인 변산해수욕장이나 내소사로 가는 길에서 약간 벗어나 있는 계화도는 관광지로 인기 있는 곳은 아니다. 텅 빈 벌판과 하늘, 끝없이 펼쳐진 바다. 방조제 위에 올라서면 바다물결만 한가롭게 밀려갔다 밀려 올 뿐이다. 늘 한적한 방조제가 딱히 재미난 구경거리를 주지 않기 때문이다. 그럼에도 불구하고 계화도에는 역사와 문화가 살아있고 먹을거리 볼거리가 쏠쏠하다.

1994년 일제 말에 일본인들은 계화도 간석지의 개간을 위한 〈조선농지개발영단〉을 창설하고 계화도와 육지를 잇는 방조제를 축조하여 그 내측의 해안 간척지를 농경지로 만드는 간척공사를 착공하였다. 그러나 이차대전 말기 어려운 경제적 여건 때문에 지지부진하던 중 8·15해방으로 공사는 중단되었다. 1962년 제1차 경제개발 5개년 계획의 일환으로 간척공사가 재개되어 1963~1966년간에 계화도와 육지를 연결하는 제1호 방조제가 완공되고, 1965~1968년간에 계화도와 육지를 연결하는 제2호 방조제가 완성되었다.[1] 계화도는 현재 부안군 행안면 계화리가 되었다.

事業推進 經緯

　本 事業은 1962年부터 始作된 第1次 經濟開發 5個年 計劃의 一環으로 推進된 事業으로 蟾津댐 및 七寶發電所를 擴張하여 發電放流水를 67km의 東津江 導水路를 거쳐오는 途中, 隣近 水利安全畓 1萬餘 HA 와 界火島 干拓地의 農業用水를 供給하는 한편 蟾津댐 水沒民 1992世 代를 移住 營業하게 하여 年間 10만 톤의 食糧增産目標로 建設部, 農水 産部가 施行하여 1981년 東津農地改良組合에서 引受 管理하게 되었다.

간척지에 물을 끌어대던 옛 농수로

계화도 간척탑 사진

1 『부안군지』, 1991, 425면

동진강 휴게소를 지나서 잠시 뒤 오른쪽으로 내려선 2차선 도로는 계화초등학교까지 10km 가량을 일직선으로 쭉 뻗어 있다. 김제시는 김제평야에서 하늘과 맞닿는 지평선을 볼 수 있다고 주장하면서, 그것을 테마로 '지평선 축제'를 기획하였다. 계화도 들어가는 이 길 위에서 바라본 하늘과 땅은 말 그대로 수평을 유지하고 있다.

계화정에서 바라본 계화도 간척지

계화정(界火亭). 여기에 올라서면 넓은 간척지가 한눈에 들어온다.

계화도의 가장 높은 곳을 봉화산이라고 한다. 봉화산에는 봉수대가 있었다. 옛날에는 현대와 같은 교통통신수단이 없었기 때문에 왜적이 쳐들어온다거나 민란이 일어나는 급박한 상황에서는 봉수대를 이용하였다. 신호방법으로는 횃불신호와 연기신호가 있다. 밤에는 불빛이 잘 보이기에 불빛을 신호로 하고, 낮에는 연기가 잘 보이기에 연기를 신호로 사용하였다. 불빛이나 연기가 올라가는 숫자가 많을수록 급박한 상황이라고 한다.

계화도는 동진만 입구의 해상 요충지였다. 전라도 지역의 봉수배치로는 진도 남단 여귀산에서 시작하여 진도 점찰산, 무안의 황원과 유달산, 나주의 군산, 무안의 고림산, 함평의 고림산과 웅산 등을 거쳐 점방산－계화도－길곶－사자암 등으로 이어진다.[2] 계화도 봉수대는 남쪽의 점방산 봉수대에서 전보를 받아 북쪽에 있는 만경 길곶의 봉수대에 응신했다고 한다.

2. 간재 전우의 유허지

봉화산을 정면에서 바라보고 오른쪽으로 돌면서 고개를 넘어서면 마을 가운데 고풍스런 옛날 집 한 채가 바다를 보고 있다. 간재 전우(艮齋 田愚, 1841(헌종 7년)~1922) 선생 유허지이다.

---

2 『금강의 물메아리』, 1983, 123면.

간재는 조선 후기의 성리학자로 어릴 적 이름은 경륜(慶倫) 또는 경길(慶佶)이라 하였고. 자(字)는 자명(子明), 호는 구산(臼山), 추담(秋潭), 간재(艮齋) 등을 사용했다. 전주에서 태어나 서문밖 청석동(靑石洞)에서 자랐다. 어려서부터 학문이 뛰어나 14세 때에는 아버지를 따라 서울 정동·삼청동·순화동(順化洞) 등에서 살았다고 한다. 이때부터 임헌회(任憲晦)의 사랑을 받기 시작하였으며, 21세 때에는 임헌회가 있는 아산의 신양(新陽)으로 찾아가 사제의 의를 맺었다. 임헌회가 죽을 때까지 충청도의 아산·전의·연기·진천·상주·문천 등지에 따라 살면서 학문을 연마하였다.

1882년(고종 19년) 선공감가감역(繕工監假監役)을 시작으로 순흥부사·중추원찬의(中樞院贊議) 등을 제수받았으나 끝내 벼슬길에 나아가지 않았다.

간재 선생 유적지

68세 되던 해부터 나라가 어지러워지자 왕등도(旺嶝島)·군산도(群山島) 등에 들어가 나라는 망하더라도 도학(道學)을 일으켜 국권을 회복하겠다고 결심하고, 지금의 부안·군산 등의 앞바다에 있는 작은 섬을 옮아가면서 학문을 폈다. 72세 되던 해에 계화도(界火島)에 정착하고, 계화도(繼華島 : 중화를 잇는다는 뜻)라 부르면서 82세에 죽을 때까지 수많은 제자를 길러 내었으며 60여 책의 저서를 남겼다.[3]

유허지를 지나서 한참을 내려가면 조그만 선창에 닿는다. 계화도 양지항에는 작은 배들이 옹기종기 모여 있고, 그 속에서 사람들은 어울렁더울렁 어울리며 살아간다. 도회지에서 아는 사람들만 가끔 조개나 회를 먹으러 이곳을 찾는다.

길이 더 이상 이어지지 않으니 이젠 되돌아 나와야 한다. 갔던 길을 돌아서 이젠 반대편을 구경할 때이다. 변변한 가게 하나 없는 길을 따라 가다 보면 계화도 방조제로 올라서게 된다. 빼앗긴 땅을 되찾으려는 듯 바다는 끝없이 달려들더니만 이제는 더 큰 갯벌을 만들면서 저 멀리 물러나 있다. 뻘밭 너머로 해가 지는 모습은 바다로 해가 지는 것보다 장관이다.

계양사 상량문. 계양사는 간재 선생을 배향하고 있는 서원이다.

---

3 『한국민족문화대백과사전』, 1991.

선창에서 바라본 간재 선생 유지

바다를 마주하고 답답함을 느낀 적이 있다면, 뻘을 마주하고 서 보는 것도 괜찮다. 바다 끝에서 불어오는 찬바람을 마주하고 서 있으면 가슴 속 깊은 곳마저 시리다. 쓸쓸함을 이야기해보고 싶다면 이곳에 서 봐야 한다.

이젠 계화도를 떠날 시간이다. 어디로 가야하나를 망설인다면 단연 부안으로 이어진 해안도로를 추천한다. 705번 지방도로를 따라서 천천히 부안쪽으로 가면 바다는 수줍은 듯 얼굴을 감추기도 하고 살풋 엿보기도 한다. 보이는 곳마다 절경 아닌 곳이 없으니 생거부안(生居扶安)이란 말이 나올 법도 하다.

계화도 옛 방조제 길

농업용수 확보를 위해 조성된 계화조류지. 겨울철에는 다양한 철새를 구경할 수 있다.

계화도 2차 방조제와 조류지

3. 신석정 시비(詩碑)

본격적으로 바다가 그 모습을 드러내는 곳에서 새만금하구둑이 바다를 가로지르며 나아간다. 언덕을 넘어 새만금 홍보관이 보이는 바로 그곳에는 해창공원이라는 아담한 공원이 있고 그 안에는 신석정 시비가 있다. 바다를 마주하고 선 비스듬한 언덕에 마련된 해창공원은 매우 아담하다.

신석정은 우리 고장이 낳은 한국의 대표적 목가시인 혹은 전원시인으로 1907년 7월 7일(七夕날) 부안읍 동중리에서 출생하였다. 17세 때 『조선일보』에 시작품을 발표하면서 문학생활을 시작하였다. 시풍은 자연생활을 배경으로 맑은 풍모와 격조를 지녔다. 전주고등학교, 전북대학교 등에서 교편생활을 하였고, 전북문화상, 한국문화상, 한국문화포장, 대한민국예술문학상을 수상하였다. 1991년 8월 16일에 세워진 시비에는 〈파도〉라는 시가 새겨져 있다.

바다를 마주선 신석정 시비

신석정시비에 새겨진 시 〈파도〉

갈대에 숨어 드는

소슬한 바람

9월도 깊었다

철 그른

뻐꾸기 목멘 소리

애가 잦아 타는 노을

안쓰럽도록

어진 것과

어질지 않은 것을 남겨 놓고

이대로

차마 이대로
눈 감을 수도 없거늘

산을 닮아
입을 다물어도
자꾸만 가슴이 뜨거워 오는 날은

소나무 성근 숲너머
파도소리가
유달리 달려드는 속을

부르르 떨리는 손은
주먹으로 달래 놓고
파도 밖에 트여 올 한 줄기 빛을 본다.

『그리운 시, 여행에서 만나다』에서 김아리사는 해창공원의 석정시비
기 대한민국 시비 중에서 최적의 조건을 갖추고 있다[4]고 말하였다.

뒤로는 솔숲을 두르고 앞으로는 서해바다의 대망을 한없이 펼쳐 보이
고 있다. 이윽고 일몰의 시간이 다가와 수평선 끝에서는 붉은 노을이 타
오르고 뻐꾸기 울음소리가 파도에 섞여서 전해 온다면 〈파도〉라는 작품
의 현실적 재현이 완성될 것이다.

석정 시비는 바다를 바라보며 서 있어 〈파도〉라는 시와 썩 잘 어울린

---

4 양병호 외, 『그리운 시, 여행에서 만나다』, 박이정, 2006.

다. 바다를 마주하고 선 채 끝없이 파도 밖에서 올 한줄기 빛을 본다고 했던 시인은 이곳에 없다. 하지만 그 흔적이 남아 있던 이곳은 이제 파도를 보려면 더 먼 곳을 쳐다보아야 한다. 새만금 사업이 바다를 저 멀리 뒤로 밀쳐놓았기 때문이다.

4. 새만금전시관

새만금 전시관은 세계 최대 규모인 새만금간척개발사업의 추진 과정과 관련 자료를 모아 놓은 곳이다. 그 동안 군산, 옥구 지역을 중심으로 시행해온 간척사업에 대한 역사를 시민들이 쉽게 파악하고 이해하도록 하는 한편, 학생들을 위한 교육현장으로 활용하여 국가의 희망에 찬 미래상을 보여주고자 하였다. 이를 위해 각종 사진 및 도표와 모형 그리고 첨단 영상매체 등을 갖추었다. 전시관 뒤편으로는 곧바로 가력도로 향하는 방조제가 있다.

변산면 대항리와 가력도를 연결하는 1공구는 총길이 4.7km 구간으로 대우건설에서 시공하였으며 1998년 12월 준공되었다. 이 구간은 현재 개방되어 관광지로 각광을 받고 있다.

가력도 배수갑문이 위치하는 곳까지

새만금 전시관과 새만금 홍보자료. 새만금연구소에서 사진 인용

는 자동차로 갈 수 있다. 4차선 도로로 폭은 17m나 된다. 반대편 4공구는 비응도와 신시도를 연결하는 구간으로 얼마 전 2008년도에 물막이 공사가 끝났다. 지난 추석 때는 군산 비응도에서 부안 새만금전시관까지 차를 타고 이동하기도 하였다는 뉴스를 보았다.

계화도에서 시작한 길을 새만금 전시관에서 마무리한다. 전시관에서 바라보는 새만금 방조제는 어마어마하다. 바다를 가로질러 나가서 둘로 나누어 놓은 광경은 전설 속의 인물들이 치마폭에 돌을 날라서 섬을 쌓았다느니, 발을 밀어 흙을 돋아 뭍으로 나가는 길을 만들었다는 이야기를 떠 올리게 한다. 인간의 상상력과 실천력은 사람을 우주에까지 보내고 바다를 가르는 기적을 보이고 있다. 앞으로 우리 인간은 어떤 기적을 행하며 살까 생각해본다.

새만금 방조제 뚝 위에서 바라본 바다

참고문헌

군산시사, 1991.

고광한, 『장흥고씨선세세유고』, 국제문화사, 1974.

고제구, 『매헌유고』

『光海君日記』

금강의 물메아리, 군산시, 1983

김경일, 『여성의 근대, 근대의 여성』, 푸른역사, 2004.

김성환, 「새만금, 자연과 사람이 함께 사는 대안을 찾아서」, 『개벽과 상생의 문화지대 새만금 문화권』, 정보와사람, 2006,

김수환, 「유리로트만 기호학에 있어서 '공간'의 문제」, 『기호학연구』, 한국기호학회, 2002.

김열규, 「topophilia : 토포스를 위한 새로운 토폴로지와 시학을 위하여」, 『한국문학이론과 비평』 제20집, 한국문학이론과 비평학회, 2003.

나병철, 『전환기의 근대문학』, 두레시대, 1995.

류보선, 「탈마법화된 바다, 혹은 바다의 재탄생」, 『파도는 잠들지 않는다』 작품집 해설, 창비, 2003.

박지원, 〈양반전〉, 『열하일기』

박지원, 〈許生傳〉, 『熱河日記』

변화영, 「기억의 형상화와 지방사 : 임영춘의 『갯들』에 나타난 김만경평야」, 『현대문학이론연구』 33집, 2008.

변화영, 「소설과 민족지의 경계넘기 : 탁류의 경우」, 『한국문화인류학』 37-1, 한국문화인류학회, 2004.

『부안군지』, 1991

사회갈등연구소, 「부안사태 4년, 국책사업 갈등이 남긴 상처, 누가 어떻게 치유할 것인가」 토론회 자료집, www.socon.or.kr, 2007.

새만금 전시관 홍보자료

서거정, 『東文選』, 민족문화추진회, 1968.

신재은, 「유년의 기억 속에 투영된 공간수사학」, 『현대문학의 연구』, 한국문학연구학
    회, 2006.

안종욱, 「영화를 통한 인천의 장소 정체성 분석」, 『한국지역지리학회지』 제11권 제6호,
    2005.

양병호 외, 『그리운 시, 여행에서 만나다』, 박이정, 2006.

에드워드 홀, 최효선 역, 『숨겨진 차원』, 한길사, 2005.

오창은, 「'졸(拙)'의 언어로 풀어낸 새만금 갯벌 이야기」, 『비평의 모험』, 실천문학사,
    2005.

오카 마리, 김병구 역, 『기억 서사』, 소명출판, 2004.

유홍준 외, 한국문화유산답사회 편, 『답사여행의 길잡이 1, 전북』, 돌베개, 1997.

이규보, 『東國李相國集』, 민족문화추진회, 1979.

이대규, 「〈탁류〉의 도시공간연구」, 『현대소설연구』, 한국현대소설학회, 1999.

이상진, 『한국근대작가 12인의 초상』, 옛오늘, 2004.

이육사, 〈광야〉, 『이육사전집』, 미래사, 1991.

이은숙, 「문학작품 속의 도시경관」, 『사회과학연구』 제5호, 1993.

이중환, 『택리지』.

이-푸 투안, 구동회, 심승희 역, 『공간과 장소』, 도서출판, 1999.

인천국어교사모임, 「현재로 떠나는 과거 여행」, 2003.

임영천, 「한국의 생태소설 연구—조헌용의 한 중편소설을 중심으로」, 『비평문학』 제18호,
    한국비평문학회, 2004.

임영춘, 『갯들』, 현암사, 1981.

임영춘, 『들판』 상, 대영사, 1987.

임영춘, 『들판』 하, 대영사, 1988.

임종욱, 『동양문학비평용어사전』, 범우사, 1997.

장미영 외, 『문화콘텐츠와 스토리텔링』, 신아출판사, 2006.

장미영 외, 『창의적 발상과 문화콘텐츠 작법』, 글누림, 2006.

장미영 외, 『스토리텔링의 이해』, 글누림, 2007.

장미영 외, 『발상전환이 창조오션이다』, 신아출판사, 2008.

장일구, 「도시의 서사적 공간형성」, 『현대소설연구』, 한국현대소설학회, 2007.

전북문학지도간행위원회, 「땅이 곧 하늘이다, 김제」, 『땅은 바다를 안고』, 신아출판사, 2004.

『조선왕조실록』

조정래, 『아리랑』, 해냄출판사, 2008.

조헌용, 『파도는 잠들지 않는다』, 창비, 2003.

채만식, [自作案內], 『채만식전집 9』, 창작과 비평사, 1989.

채만식, 『탁류』, 한국소설문학대계14, 두산동아, 1999.

『채만식전집 9, 10』, 창작과 비평사, 1989.

최순종, 「탁류의 크로노토프 연구」, 『인문학연구』, 충남대인문과학연구소, 2003.

최영성, 『최치원전집 1, 2』, 아세아문화사, 1998.

한석수, 『최치원전승의 연구』, 계명문화사, 1989.

한순미, 「지명과 문학적 상상력」, 『현대문학이론연구』 제33집, 현대문학이론학회, 2008.

함한희, 「사회적 고통을 보는 문화적 시각-새만금지역의 경우」, 『ECO』 2호, 한국환경
사회학회, 2002.

함한희, 「새만금 간척개발사업과 어민문화의 변화」, 『한국문화인류학』 37집 1호, 한국
문화인류학회, 2004.

함한희, 「새만금간척사업과 마을공동체의 변화」, 『환경과 생명』, 환경과생명, 2001, 여
름호.

함한희·강경표, 「어민, 환경운동가, 그리고 정부의 바다인식-새만금사업을 둘러싼 갈
등을 중심으로」, 『ECO』 11권, 한국환경사회학회, 2007.

홍이섭, 「채만식-『탁류』」, 『창작과 비평』 봄호, 1973.

황국명, 「채만식 소설의 현실주의적 전략 연구」, 부산대 박사학위논문, 1990.

군산사랑(http://www.gunsansi.co.kr/special/special_1.html), 2003.
(향토지리지 및 군산의 역사에 있어 기초자료로 참조함)
고창군청 홈페이지(http://www.gochong.go.kr)
문화재청 홈페이지(http://www.cha.go.kr)
부안군청 홈페이지(http://www.buan.go.kr)
한국고전번역원(http://www.itkc.or.kr)